Youth Poetry Yearbook

青年诗歌年鉴

谭五昌 主编

2019—2020年卷

江苏凤凰文艺出版社
JIANGSU PHOENIX LITERATURE AND ART PUBLISHING

图书在版编目(CIP)数据

青年诗歌年鉴. 2019—2020年卷 / 谭五昌主编. —
南京：江苏凤凰文艺出版社，2021.8
ISBN 978-7-5594-5360-0

Ⅰ. ①青… Ⅱ. ①谭… Ⅲ. ①诗集-中国-当代
Ⅳ. ①I227

中国版本图书馆CIP数据核字(2021)第269253号

青年诗歌年鉴. 2019—2020年卷

谭五昌 主编

出版人 张在健
策划 于奎潮
责任编辑 孙楚楚
装帧设计 周伟伟
责任印制 刘巍
出版发行 江苏凤凰文艺出版社
南京市中央路165号，邮编：210009
网址 http://www.jswenyi.com
印刷 苏州市越洋印刷有限公司
开本 880毫米×1230毫米 1/32
印张 18.625
字数 370千字
版次 2021年8月第1版
印次 2021年8月第1次印刷
书号 ISBN 978-7-5594-5360-0
定价 52.00元

《青年诗歌年鉴（2019—2020年卷）》
编委会

目　录

第一辑　年度推荐青年诗人

第二辑　华北地区青年诗人

第三辑　华东地区青年诗人

第四辑　西北地区青年诗人

第五辑　西南地区青年诗人

第六辑　中南地区青年诗人

第七辑　东北地区青年诗人

第一辑

年度推荐青年诗人

丫丫的诗

剥洋葱这项艺术（组诗节选）

秋刀鱼

她被一根俗世的竹签整个串起
横卧在现实的烧烤架上

隐忍穿肠而过。她始终保持着
与脊背弧度相应的想象
淬火中的形而上学。她听到了世界的心跳
像极四周左逃右窜噼啪作响的火苗

一阵风刮过她几近凝滞的眼瞳
她的双腔被固定成剪刀口的角度

整个夜晚
曾经喂养过她的那片海域不停地叫唤着她的名字
秋刀鱼僵着口型，没有答应
寂灭的海面留下一道斧痕

——火势渐猛。表皮不时发出的爆破声
让她以为，自己还活着

星期天

两只螃蟹的星期天
着实有些糟糕！
它们一定没有预料到
这阳光如橘汁般甘洌的日子
会是它们的死期

光柱穿过窗子
钻进厨房
在灶台上若无其事地踱步
我给螃蟹周身松绑
扔掉注透水的草绳

将它们放进煮开的水里
再见，伙计。
锅盖严实地盖上
仿如隔开
另一个世界

可怜的小家伙！它永远也不会想到
要了它小命的，竟是与它朝夕相伴的
——水。它更不会明白
原来要“红”一回，必须

以命相换

一根还俗的鱼刺

——记某次鱼刺鲠喉

这家伙，逼近我的喉咙
说爱我
爱得很深很深

我掉泪
咳出血
这样的爱有点过于残忍

用疼痛浇灌这身体里新长出的芽
伤害和爱，报答和报复
平行着生长

我心里长着的刺和这根
寄生的刺
我真的说不好，它们哪一个对我的伤害多一些
但我爱它们。
爱着这身体里的延伸

我想，我们彼此深爱……

有了爱情的刀锋
变得那么甜蜜
这根出了家的鱼刺

在被我咳出的那一刻
竟有了还俗之心

丫丫，本名陆燕姜，80后，广东潮州人。中国作家协会会员，广东省作家协会理事、诗歌委员会副主任，广东文学院签约作家。曾参加《诗刊》社第三十四届青春诗会，已出版个人诗集《空日历》《世间的一切完美如谜》《不规则叙述》等六部。

熊焱的诗

父 亲

你第一次做父亲的时候才二十二岁
而我二十二岁的时候还单身，正暗恋着一个安静的美人

我当上父亲的时候已经三十四岁
而你三十四岁的时候，正养育着四个孩子

我在成长中，曾一次次地与你争执
一次次地，把你当成了毕生的假想敌
直至今日，我都还欠你一个道歉

这些年我翻遍了育儿经，努力地
学着做一个好父亲。这时我才读懂了
有一本书，唯有时间才能翻阅

我的孩子第一次喊我时，我记得
那世界融化的情景
我相信，我第一次喊你的时候
世界的朽木正在逢春

今年春节我们推杯换盏，大口大口地饮酒
恍若朋友，恍若兄弟
醉了，就要醉了
可我们之间汹涌的爱，却从未提及

你的头上霜雪尽染，我的鬓边华发渐生
岁月的刻刀一寸寸地深入的这个词，叫父亲
中间系着漫长的血缘和生命

今天是父亲节，我和我的孩子相互表达了爱意
我给你打电话，你已关机
我知道终会有那一天，我喊你时你不再回应
正如终有那一天，我的孩子喊我时我也不再回应
我们成为父亲，全都用尽了生死

母亲坐在阳台上

她坐在阳台上，那么小
那么慈祥。一张沧桑的脸
有着夕阳落山的静谧

磨损了一辈子，她的腿已经瘸了
背已经佝偻了，头上开满深秋的芦花
生命的暮晚挂满霜冻的黄叶

当她出神地望着窗外，院子里那些娇美的少女
一定有一个，是她年轻时的姐妹

一定有一阵暖风，葱郁过她的青春

好几次，我都是连喊了几声
她才迟缓地回过神——
这一条大河的末段啊，是不是需要
更多的泥沙和泪水，才能溅起苍老的回声
是不是在狭窄的入海口，都要放缓它的奔腾

我是多么爱她！我年近古稀的母亲
我已与她在人间共处了三十多年
而我愧疚于我漫长的失忆
愧疚于我总是记不起她年轻时的容颜
每一次想她，每一次我都只是想起
她坐在阳台上，那么小
那么慈祥。一张沧桑的脸
有着夕阳落山的静谧

当爱来到身边

——致妻

夜里回来时，女儿正伏在书桌前画画
双手是花的，仿佛潮湿的颜料
涂抹她五颜六色的梦境
你坐在沙发上看书，偶尔会抬头看一看女儿
窗外飘进一阵桂香，有点类似于
当年我们相恋时，第一次深情的长吻

我坐下来，你羞怯地告诉我，你怀孕了
刚好一轮明月爬上屋顶，月光落进客厅
就像全世界的爱，穿过了茫茫银河
寂静地来到我们的身边

熊焱，1980 年生于贵州瓮安，现居成都。曾获奖若干，发表作品若干。著有诗集《爱无尽》《闪电的回音》，长篇小说《白水谣》《血路》。

谷语的诗

水田星辉

灿烂的星空倒扣在平镜似的水田里，一片蓝幽幽的光辉
在一位赤足少年的眼里燃烧
夜空将它的星斗交给水田打理，水田星辉，多么黯淡的乡村
饥饿而粗糙的岁月在这一时刻获得了亮度
就像经由信仰，连通了现世的苦难和天堂的幸福

我喜欢明亮的事物

喜欢在秋冬萧瑟的林地，看见一朵明艳的野菊
喜欢蓦然抬头，光秃秃的树杈间残留着闪光的野果
喜欢黑与白强烈对比时，那耀眼的分界线
喜欢暗淡而破旧的衣物间，那根缝补的针
还喜欢看你从山间汲来泉水，哗哗倒进水缸时

那明亮而有生气的水线和声音
下午五点钟的太阳，照在彝族小伙的脸上，是我喜欢的
天黑了，万物放射出的微光，也是我喜欢的

弦外之音

从耗费掉我半生精力的事业中抬起头来
窗外已是暮色四合，晚风轻轻
稻草人戴着草帽，肃立田埂
到乡下来放风的游客正在很认真地打量它

电子表格像枷锁，又像战场
抛开文字和数据……走向田野
那脸庞明艳的小野菊是我迷人的芳邻
我在它的花蕊里流连

草木皆自由啊，我很熟识的那根青藤
又沿着一根树枝绕出两个精致的弯弧儿
有人走在麻绳般的小路上
翻山越岭，渐渐和暮色融为一体

星子慢慢升起，水声明亮
有时响得特别缠绵，像在朗诵一首绝句
夜色美好，万物陷入其中
我在流水的丝弦中，听出了弦外之音

谷语，本名马迎春，男，1980年出生于重庆市石柱土家族自治县，现居四川康定。四川省作家协会会员，四川省评论家协会会员。曾在《人民文学》《人民日报》(海外版)、《诗刊》《西藏文学》《星星》《星火》《延河》等报刊发表作品，著有长篇小说《挣扎》、诗集《遥远的村庄》《群山之间》。曾获第三届甘孜州政府文艺奖。

孔令剑的诗

叶的说出

我眼中的美与你相同
一棵树，孤零零，在庭院
矗立起清晨的全部美景
阳光初醒，一种恩赐，从高处
微风在春夏之间，另一种
起于人世并布施于人世
年轻的叶子就在这召唤中
说出一棵树，说出大地的依赖
意义的确定。而这些语词
隐藏得如此美妙，它们此刻
是一种浅绿，一些听而不闻的
声响，是一片光的震颤
在我们共同的眼睛和心灵

多余的话

把嘴巴扔掉，在耳朵的长廊
多余的话总有两个部分：
一个说出，一个未被说出
四月，鸟雀还没有开始争论
黄昏——为夜储备金子
坐在论证完毕的枝杈间
星星数着自身，默念：
从昨日回到今天的人
还有多少记忆可以留存

铁管上的鸟

一只鸟，在推土机的嘶吼中
大地震颤，在一个早晨
麻雀或斑鸠，它更是一只
其他的鸟，在自身之外
一截生锈的铁管，它站立
从泥土中伸出，像一根长笛
大地正被重建，在表皮
而它的欢快蕴藏体内，像
童年的灵魂，一声声鸣叫

把一个个音符丢向空气
在太阳的舞台，它蹦跳着
来到铁管的断口，低头，啄水
一滴一滴，像捡拾，又像丢弃
水的礼物，光的记忆

孔令剑，1980年生于山西绛县。中国作家协会会员，中国诗歌学会理事。现任山西省作家协会创联部副主任，兼任诗歌专业委员会执行副主任、秘书长。诗歌作品发表于《诗刊》《星星》《草堂》《汉诗》《诗歌月刊》等处，多次入选《中国新诗排行榜》《中国新诗年鉴》《中国跨年诗选》《中国新诗日历》等选刊选本。出版个人诗集《阿基米德之点》《不可测量的闪电》。曾参加第八次全国青创会、《诗刊》社第三十五届“青春诗会”。曾获赵树理文学奖、《都市》桂冠诗人奖等。

阿斐的诗

月明大寒

打开窗户往外看
深夜小园一片清亮
大寒已至
春天不远
再多的忧惧也有停歇的时候
我长舒一口气
千万只白鸽振翅而飞
心里没有挂碍
明月高悬中天

病中观雨

哪有什么雨天
所有的雨天都是晴天
哪有什么阴云

所有的阴云都是云彩
我的胃痛也不是疾病一种
肚子里照样装得下扁舟和江湖
窗里，躺在床上的诗人
窗外，诗人眼里的风景
雨下一会儿停一会儿
像跳舞的姑娘跳一会儿看我一会儿
万物我都好奇，都关心
万物都是我胸中美人，而非块垒

过黄山向婺源途中

路上空无一人
落日提前消失
这是一段只有我的旅程
我从来处来
要到去处去

在一幅水墨画中
你看到了我和群山
看到山与山间的落日和云雾
却看不到我的来处
也看不到去处

阿斐，本名李辉斐，1980 年生于江西都昌，现居杭州，著有诗集《青年虚无者之死》《最伟大的诗》。

曹谁的诗

帕米尔堡的雪国

我们降落在万山环绕的白色雪国
水晶般的雾凇盖起毡帐
六棱形的花朵列队欢迎
这里是哈萨克斯坦的大海
这里是吉尔吉斯斯坦的雪山
雪之妃曾经囚禁的地方
雄狮王曾经怀念的地方
如今我终于来到雪国
雪山中却再没有雪妃
我们安坐在雪国的中心闭上眼睛
冷风吹过我嗅到你的气息
雪花飘过我感到你的呼吸
弧光闪过我捕捉你的身影
一个幽幽的声音传来
雪妃一直没有离开过

王子却一直没有到来
我们的飞机在此时升入空中
我睁开眼看着大地
一个披着红色大氅的女子
在雪国飞奔
我突然间泪流满面

桃花如火， 照亮黑夜

把伤痛埋入树皮
桃花就伸展出来
桃花如火，照亮黑夜
冬天我们抑郁
春天你们开放
我经过一株桃花
请告诉我桃花意味着什么
火红的可是流血的颜色！
旋转的可是嘲笑的表情！
我们把所有的伤痛都埋藏
鲜艳的桃花就如火般盛开
我看到的不是桃花而是伤痛
我憧憬的不是桃花而是心安

泪痕姑娘

别的姑娘戴着珍珠
你的脖子上是勒痕
温柔如绸缎的姑娘
微笑似轻风的姑娘
你的脖子为什么有半圈伤痕
是前世自绝于世的勒痕
或今生苦难遭遇的割痕
沉默如白玉的姑娘
忧郁似冷月的姑娘
你不告诉任何人你的身世
只想在午夜见我一面
然后永远消失在人海
不知怎么那勒痕如泪痕
让我过后一直在疼痛

曹谁，本名曹宏波，字亚欧，号通天塔主。1983 年生于山西榆社。中国作家协会会员，中国电影文学学会会员，《汉诗三百首》执行主编，现就读于北京师范大学和鲁迅文学院联办作家研究生班。2007 年发起大诗主义运动。著有诗集《冷抒情》《亚欧大陆地史诗》等七部，长篇小说《巴别塔尖》《昆仑秘史》（三部曲）等十部，翻译作品有《伊斯坦布尔的脚步》《普罗米修斯之歌》等三部，写有电影剧本《太阳城》、电视剧本《孔雀王》等百余部集。作品发表于《人民文学》《诗刊》《作家》等文学杂志，入选上百部权威选本。曾获首届中国青年诗人奖、第五届青海青年文学奖之“文学之星”、第四届曹禺杯剧本奖等。

王长征的诗

在双桥

今年的冬天来得晚了些
在时间的暮色和忧伤里
本分的地铁在走走停停
仿佛每个站点都是它的情人
这些灯火通明的城市也是它的
包括这些不断更替的漂泊者

它要选择最美的一张脸孔
将她载向充满灯火的市中心
如同一个贫富的分界线
双桥的人们脚挨脚肩并肩
走在漫长寒冷的冬季
仿佛一直能走进梦里

拥堵在此的汽车
发出急不可耐的呐喊

已经遗忘了曾经坠楼的少女
在泛着哀哀忧伤的雪地上
逐渐淡去

街边寻觅爱情的女子
一直晃悠悠走到今年
也许她们还将继续寻找下去
习惯了用皴裂的手
从冬天接下硬邦邦的钞票
疲惫的鸟从梦中醒来
丛林深处收紧翅膀

下雪了，在双桥
这个令人心疼的地方
不管有多少悲惨命运的深坑
都将被温柔的雪平等地覆没

未名湖畔

林下端坐一枚忧伤的羽毛
想念她被风吹散的哀调
未名湖的嘴巴轻吐情话
呵痒渐渐发烫的耳朵

暴　雨

一场暴雨将我囚禁在车内
雨鞭抽打车窗
公路像小舟一样颠簸摇晃
夏天噼里啪啦说出一大堆话
窗外的世界仿佛要融化
体内也有一阵起义的句子
像是要破喉而出与风雨会师
一次又一次
压制要与惊雷比赛呐喊的冲动
井盖的嘴唇难以闭合
一声声呻吟在街上回荡
陷入困境的车犹如一座孤岛
与世隔绝，数着周围海洋的寂寞

王长征，安徽省界首市人。作品见于《中国作家》《诗刊》《星星》《延河》《诗林》《诗潮》《绿风》《诗江南》《散文诗》《诗选刊》《草堂》《中国诗歌》《扬子江诗刊》等刊物，入选数十种文学选本。曾获第二届中国长诗奖、2018 年度安徽省十佳青年诗人奖等多个奖项。

马文秀的诗

口　红

女人的一生
注定绕过多彩而绚烂的花朵
去采撷喜欢的色彩
相伴一生

梦里梦外，站立在色彩之上
口红是女人的四季
也是她们深情过的答案
不同色号的口红是兵是将
也是药

从青春路过，抵达暮年
交会的色彩
诠释一个女人的内心
收获幸福，疗愈疼痛
凝结的情绪

躲藏在相应色号的口红中

黄昏，从眼中落下

昨夜的暴风雨
敲打了一夜
趁天亮前撤退
失意的丈夫，将满腔的怨气
留在窗子上

此时，黄昏从她的眼中落下
旁人已分不清悲喜
她说没有实现的梦
已深埋在体内
谁的柔情将夜的悲叹
叼走？顺着一阵风
挂在月亮上

掩面而泣

繁星在头顶，划开暗夜
让隐秘的事物开始涌动

我掩面而泣
我终究是一个拥有爱的人

爱的滚烫，燃烧过彼此
却在零落的灰烬中照见了自己

今夜的寂静笼罩着我
是风平浪静还是暗流涌动？
土墙边的梅花叫醒了多少少女

万物的痛楚何其相似
怀抱的秘密最隐秘
如不能长相守，那就各自远行

马文秀，1993年出生于青海，回族。有作品发表在《诗刊》《中国作家》《民族文学》《上海文学》《诗潮》《绿风》等国内外四百余家报刊，入选多种合集，部分作品被翻译成英、法、俄、日、韩、阿拉伯等多国文字。著有诗集《雪域回声》、小说《情书在风中消隐》。诗集《老街口》（长诗）入选中国作协2019年度少数民族文学重点扶持项目。

袁翔的诗

孩子， 你的眼中有春与秋

大老虎从纸上跳出来
小狮子从纸上跳出来
大象跳出来
小猫小狗也跳出来
儿子用稚嫩的画笔建设了动物的乐园

喜欢动物们的可爱
更欢喜孩子的无邪与圣洁
青春、芬芳、阳光
他有跟世界叫板的勇气

活了小半辈子
锈迹斑斑的我从
孩子身上享受这片刻的欢愉
“拧出来吧，把全身的水都拧出来
放到孩童时代过滤一次”

一个声音大声说

孩子哦
你的眼中有春与秋
胜过我见过爱过的一切
山川与河流

在普希金博物馆

历史正在现场
结局是个术语
普希金博物馆伫立成
洁白的朝圣诗
我发誓为你分担一首诗的哀愁
诗歌精神的语法是我们共同的母语
不吝啬眼泪
我在沸腾的热血中
寻找金色太阳遗落人间的一枝玫瑰
在普希金博物馆
我捧着一颗心
书写灰尘的诗稿
誓与自由同在

松动的部分

莱蒙托夫故居纪念馆
披着赭石色的硬度和孤傲
我用虔诚的目光
打捞画像里的灵魂
瞧　一直年轻的
米哈伊尔·尤里耶维奇·莱蒙托夫
目光坚毅
身体里辉映着正义的血液
静默的手稿
溢出了罪与罚
专制与批判，旧事与亡灵
我小心移步，用心读你
读你跨过的岁月山河
风云变幻
读你被风沙迷惑的眼睛
也读你疼痛的骨头
把懦弱和平庸遗弃在故乡
高扬的白帆是剑与光
书写自由的长调与短章
生命充满挑战
诗意的战斗者从不屑于设防
“旧友”一词注定成为那些手稿里

最松动的部分

注：莱蒙托夫故居纪念馆是座赭石色的二层小楼，坐落在莫斯科市中心新阿尔巴特大街旁，这里是诗人1829年—1832年居住的场所。1841年7月27日，莱蒙托夫因口角被迫与士官学校的旧友决斗，他并没有开枪，却被对方无情的子弹穿透胸膛致死，终年二十七岁。

袁翔，女，汉族，1979年8月19日出生，笔名文姬，中国人民大学哲学硕士，前媒体人、专栏作者，华语诗歌春晚策划。祖籍开封，现居北京。诗歌作品散见于《中国文化报》《中国诗人生日大典》《国际汉语诗歌选本》《中国新诗排行榜》《中国新诗日历》《当代文艺》《作家部落》《诗歌界》《首都文学》《大家传媒》《世界华语诗歌高地》《微诗刊》等报刊、选本及网媒。

张妮的诗

昭君出塞

长河落日
余晖照进哪个家乡
大漠孤烟
尘埃迷了谁的骆驼

人雁北飞
逆行却为何
心有甘泉
哪惧前路黄沙满天
漫漫荒漠

望长安
今别何时归故里
汉琵琶
从此唯有伴胡歌

一曲出塞

弹到青丝变白发
长城无烽火
一曲出塞
弹到流沙掩乡梦
离愁永深锁

一秒一黄沙

如果每一秒
是一粒沙
漫漫黄土凝结了多少光年
面对荒漠
你会把一切看淡

如果每一滴水
是一颗眼泪
茫茫大海汇聚了多少忧伤
面朝大海
你会对一切释然

如果每一颗星
是一个愿望
浩浩宇宙蕴藏了多少心事
在宇宙中
你将不再孤独

我的时光
我的忧伤
我的心事
也终将被埋葬
无论此时它们让我多么疯狂

但我还是想继续这样
否则多少年后
我怎能化成这个世界的
一粒沙
一滴水
一片星光

张妮，女，满族，现任职于环球时报社。诗作入选《青年诗歌年鉴》《中国新诗排行榜》等选本。曾获第四届中国青年诗人新锐奖。

周园园的诗

困　境

一个透明的颗粒物自顶楼落下来
一个念头一闪而过，再怎么回忆
都想不起来。有时，困扰就是这样产生的。
但不足以让人悔恨。
我记得新天鹅堡的冬天，弥漫大雪。
我们气喘吁吁，在覆雪的山巅
惊讶于壮阔的尖顶城堡。
雪花落在成片的松林之中
落进存在的虚无里。
像此刻，那些颗粒物，越来越多
越来越多，梨花一样，纷纷扬扬
一个人就这么轻易地，走出了刚刚形成的困境。

爱你的人忽然离开了

这黑漆漆的夜晚也足够给人安慰
这持续片刻的欢愉，像丁香花的芬芳
绕在爱人的身上。想象此时的自我
复制了谁的笑容，或者春天
井旁的沁凉。但这幸福的时刻
有时是空荡荡的。多么令人沮丧啊
忽然就离开了
带来幸福的人，也带来了伤痕
众神沉默
交出一个一无所有的世界

周园园，女，汉族，1989 年出生于黑龙江，毕业于福建师范大学，文学硕士。作品散见于《诗刊》《草堂》《星星》《芳草》《山花》《诗林》《中国诗歌》《福建文学》等刊物，入选多个年度选本。曾出版诗集《回望时光》《银花戒指》。

弭节的诗

校园短章

之一

今天，风大得太阳都在摇晃
锦鲤湖的水把鱼都淹没
没了兴致的不仅是我们
恍惚间午觉醒来
是呓语，还是鱼的碎念

之二

我的文字你说看不懂
就像风吹过修园的桉树林
你说是海浪的声音
我却毫不在意
你说可以枕浪而眠

我却认为风翻动叶子
是翻动人的记忆

之三

我又踱步一圈校园
时光就在灯光下的影子重叠
似是而非的青春气息
我穿着厚厚的羽绒服，隔离
熟悉的、陌生的面孔，晚风吹散
值夜班是真的
剧中人成了旁观者
天鹅湖水的星光闪耀
是谁的眼波，有人在等候

注：锦鲤湖、修园、天鹅湖等为吉安职业技术学院校园内景观名。

弭节，本名李洁，男，1983 年 11 月生于江西吉安，现为吉安市作家协会诗歌委员会秘书长，吉安职业技术学院副教授。诗作散见于《雪莲》等刊物，收录于《中国新诗排行榜》等选本。曾获 2018 年首届湘天华杯国际华语诗歌大赛优秀奖。

谭畅的诗

这片海

我落入这片海就是海的一首歌
当水草将旋律高高擎起
我用肩头的新月亲吻柔波
用前额的风摩挲夕阳

浪潮为我振翅千米
水天一色
裹挟住彼此欲坠未坠的那声轻叹

不是我擅闯了这片海
而是 它召唤了我

我身无长物 却唯独能够
将夜的苍凉抚摸成水银的欢笑
穿透那螺旋状的斗转星移

钓

钓竿悬于秋水
放逐往事
无饵之钩　只等待
——最暗处的密码

岸边 我是另一支钓竿
叹息里的光芒
让嘴角绽放出
唯有时空能触摸的玫瑰

谭畅，女，江苏徐州人，笔名水清越。1988 年 2 月 18 日出生。作品散见于《诗林》《夏季风》《独秀峰》《大风》《中国企业报》《中国安全生产报》、澳门特区《市民日报》等报刊。

王忆的诗

少　年

一束光，轮回中撒下
时间慵懒躺在眉间，恍惚，晕眩
多么切合的时刻，一首《少年》
吟唱出青涩年月和不为人知的爱恋
在黑白琴键之间，虔诚一笑
那些年，也曾是朝与暮追光中的少年
春风不曾荡漾
夏日终归会热烈
至少，那段路用力走过
少年的任性，倔强，狂热
那些白日做的梦
就在某些地方藏着，不必破灭
也不用实现
岁月还是跑在了灵魂的前面
少年，年少时的人

还会再见吗？

重　遇

不在乎时空
无所谓地点
也无论，是否可以再见
唯一能够确定的、肯定的
是我一直还在原地，还在等
三月，依然晴天
万里无云，只需一线阳光就足够
看到那片闪着光的彩云
只有我知道，闪着光的总是你
不曾耀眼，始终夺目
多么好的日子
离别又算得了什么
不过是换了地点，换了时空
然而，一触即发穿越
便可重遇

王忆，女，江苏盐城人，中国作家协会会员，江苏省作家协会签约作家，中国诗歌学会会员，江苏文学院高研班学员。自出生就身患小脑偏瘫，无法行走。出版有散文集《轮椅上的青春》《在轮椅上奔跑》，诗集《爱，不能等》《等待春天》《爱，无止息》《在静寂里逆生长》。

作品在《朔方》《草原》《北京文学》《延河》《扬子江诗刊》《诗潮》《诗歌月刊》《草堂》《湖南文学》《新民晚报》等杂志发表。曾获2016年光明网高校三行情诗银奖、《华语诗典藏杯》全国情诗大赛一等奖、2017年青山文学奖、第二届骆宾王青年文艺奖、第三届中国青年诗人奖、2019年度最佳华语诗集、2019年度中国残疾人事业新闻人物等荣誉。

尹宏灯的诗

与妻书

年轮是我们的见证
尽管纹路都是虚无
时光浩瀚，我们是
渺小的粉尘，颗粒
被风吹着，被雨淋着
要多有缘，才被粘在一起
从陌生到相识，由恋人到亲人
从甜言蜜语到油盐柴米
由两个人到四个人
我们不停地向尘世妥协，打磨
一路披荆斩棘，衔枝筑巢——
我知道，我们终将奔向大地深处
而在这珍贵人间
我们只想，修一尊菩萨
庇佑着，自己的家园

与女书

我的孩子，已到金钗之年
你在孩提与及笄的河道中跳跃
开始小心翼翼，背着尘世的沉
接触尖锐的墙和圆润的石头

还好，父亲就在你身后
你仍可以放胆在春天里倒腾
不问秋天的稻穗
也可以任性地在屋里
对着这个世界嘟嘴，天空依然安好

我的孩子，我想告诉你
在这珍贵的人世
爱是一门最重要的研修课
在昏暗和颠簸的路上
那是唯一的出口

只要一直好好地安放着，修炼着
在任何风暴面前
它便是出鞘的利剑
可以拨开一片大海
踏出一马平川

与子书

我们父子有缘，处在同一个属相和星座
于是，性格也相当了
磁场也相近了

孩子，你花两年多的光景
学会摸爬滚打，呼喊着自家的每一位亲人

而我，尝试在你的时光里
找自己的影子
那清澈的目光，那无忧的世界

我们在同一个屋檐下
专注普通的幸福
只是你，此时不懂
还好，你此时不懂

尹宏灯，男，1981 年 4 月生于江西宜丰，1997 年开始诗歌创作，江西省作家协会会员，中诗网第四届签约作家。2010 年获江西省首届南风诗歌奖，入围 2016 年华文青年诗人奖，获中诗网 2017 年度优秀诗人奖。已在《诗刊》《星星》《绿风》《阳光》《诗选刊》《中国诗歌》等百余种刊物发表作品，著有诗集《奔跑》《而立书》。

张不知的诗

午　后

午后，陷落沙发
斟茶，读诗，轻声言语
扶起桌案黄玫瑰低垂的额。
暂时停下手头的工作，以及
打消对一颗柠檬的审视。
我们还无法同月亮争论圆缺
而情侣们总关心聚散的问题。
落日总归做出妥协，让出一半的天空
直到山腰露出绯红，我们
和解于沉默之美德。
门外，海潮推窗访至
似结巴又爱说笑
唯恐潮汐涨落的分寸

牡　蛎

海水漫过礁石的时候
牡蛎的外壳已被锐器攻克
岸上的人永远不会知道真相
海水还是冲走了一切
像是妥协一个不能过分追究的结果
直到下一次赶潮，海水漫过大腿
一个右手食指被牡蛎壳划伤的男子
从礁石的腹部取下它。血腥味
混入浑厚的海潮擦去踪迹
海水带着一颗牡蛎的命运。
蓝色之下的隐秘，脆弱、单薄
我们不会再谈起那颗牡蛎
海水已彻底没过礁石

张不知，本名张端端，女，1994 年 5 月出生，祖籍福建惠安。福建省作家协会会员，已出版诗集《不知诗欢》。作品散见于《泉州文学》《海峡诗人》《泉州晚报》等报刊，入选《青年诗歌年鉴》。

张佳羽的诗

从南方引进的道边树

南方树嫁到北方
被汉子一样的城市宠进
塑料纸糊的护身灯笼
冬天。南方树活成灯芯
吮吸北方泥土的养分
列队道边
等待点亮春天
点亮
汉子的心魂

黄河水面的一则故事

一只毛鸭鸭
双脚划痒了黄河水面

抖动一圈又一圈波纹
白浪滔滔踉跄着探险
站立不住的浪花哟
拄一枝垂柳
朝南岸的春风呼救
却不敢
与吐青的小草座谈
生怕一只躲在夏天里的蝉
穿过春的庭院
捉住毛鸭鸭的爱情
从此春天不经浪漫
就沉浸在鸟巢里
度过少女的诗篇

春天供出美丽

春天是一只手炉
把漫漫冬夜里冰冷的月亮
焐热了

春天是一口泡菜盆
把柳树桃树和许多花花草草
泡发芽了

春天是一帘幕布
把喜剧期待的舞台徐徐拉开

哇，心情一下子明媚起来了

春天呼唤我歌唱
我将一株美丽
悄悄插在春天里

张佳羽，1996 年 4 月 6 日出生，中国作家协会会员，鲁迅文学院高研班学员，《读者》（校园版）编辑，在《诗刊》《星星》《诗潮》《诗选刊》《中国作家》等刊物发表小说、诗歌、散文等作品一百二十余万字，中学时代四十余次获全国金奖、一等奖，共获九项“十佳”，蝉联一、二届甘肃儿童文学八骏，出版《最女孩》《我的绰号我的班》《千面好男生》《一只 1996 年老鼠的真情告白》《才女升学记》等作品。现居兰州。

曹波的诗

草　原

金色的草原
在阳光下
经幡飞舞
飞舞在蒙古包旁
马群等待着
游客
金色的希拉穆仁草原
经幡浮动
十月
它有金子般的心
我也要拥有金子般的心
现在只到灰黄

嘉陵江

嘉陵江水悠长

碧绿
充满诗意
安静的水下
充满水鬼
一定都是
绿毛水怪

双重遗憾

窦唯不再开口唱歌
给我们的耳朵和精神
带来损失和遗憾
这种程度
远不及他
给自己的

曹波，男，汉族，1979 年 11 月生，陕西咸阳人，现居陕西西安。二十岁开始诗歌创作，先后在《星星》《作家报》《延河》等刊物发表作品，2017 年出版诗集《昨日集》，2019 年出版诗集《你是猫》，获华语诗歌春晚学术委员会、《诗潮》杂志社联合评选的“2019 年度十佳华语诗集”。

冯果果的诗

荒　诞

愿造物主不再有遗珠之憾
阿门
愿鱼在岸上舞蹈
井底之蛙飞上天空
井水与河水互犯，河流空悬
陌生人倒立，用腹语交谈
所到之处
石头进入黄金期，开出遍地花朵
所有秘密都是秘密，纸包着的火也是
出卖者、疑犯、叛逃者没有五官
易于辨认
还有什么更荒诞的吗
相爱者不老不死不伤不灭
水生物终生为森林倾倒
金黄雪豹终生热爱海洋

愿好看的生物无所不能
饮鸩止渴，无恙

夜雨寄北

雨打合欢、梧桐、芭蕉
都是很美的事

因极度思念而梦见一个人
也是很美的事

城楼上听钟声
城墙上起舞
共剪西窗烛
银碗盛雪
更美

而这些与地名有关
与一起的那个人有关
如果是在长安
如果恰好是相爱的两个人

冯果果，笔名风铃子。中国诗歌学会会员，陕西省作家协会会员，商洛市青年作家协会主席。作品发表于《诗潮》《延河》《西北军事文学》《延安文学》《绿风》等刊物。已出版诗集《降临》《三千》。

王静的诗

背靠杏花

背靠一窗杏花
如同背靠
一个短暂的故事

开端在清晨
结局便是黄昏
开且落得
字句纷纷

雨水坠入春泥
章节早已合上
压着薄薄半片
无人翻阅的遗憾

无人翻阅的时光里
我未曾面对春天
只是背靠过

一窗灼灼的杏花

雨水来信

目光攀梯田而至夜空
在冶力关，等待一场陨石坠落
大地收留死亡的星辰
也收留所有，被抛弃的事物

天空丢下火把时
你在多雨的城市，写一封信
写傍晚如何收留雨水，写窗前的树
如何逃离隐遁的黄昏

通往星夜的阶梯，铺满生长的豆苗
收割的青稞和浅紫的洋芋花
听闻它们同样来自星尘——
而我不关心这些

雨水来信，或许
来自你。信里是酣睡的松鼠
是想攥紧的、疼痛的骨头
或一些已不可能的——
好在，这些都曾组成过你我

如果我的心在秋天黄落

没有雨，便试着写信
从某个茫茫雪雾的早晨
写到，刚刚错过的一趟班车

写到一棵年迈的梧桐
与新鲜的落叶时，雨水涓滴
于撇捺渗出

一个人的孤独开始洇散
后知后觉的痛楚，有着一朵花的辽阔
像手上，莫名多出的伤口

而错过的人生，能够
称之为人生吗？像诗里
没写完的一个句子——

如果我的心在秋天黄落
请你，请你……

王静，女，汉族，青海省作家协会会员。1993 年 7 月出生于青海海东，毕业于北京师范大学。作品散见于《诗歌风尚》《现代青年》《大河诗刊》《青海湖》等刊物，收录于《茶卡盐湖之恋》《青年诗歌年鉴》《红衣白马的女子们》等诗歌选本。

王伟的诗

丝绸之路青海道（组诗节选）

于　阗

大唐，我和李白从古西域的于阗国向你走来
阿尔金山雪水养育绿洲，绿洲养活牧人跟牛羊
塔克拉玛干沙漠掩埋历史的陈年旧账，西风吹皱黄沙
一如我父亲额头上深浅不一的岁月之痕
父亲的脚步多次踏破天山以南的经纬交错之地
目睹沙漠里的海市蜃楼，那辉煌都市来自长安
那里有我名满天下的诗歌兄弟和肉感的美人
为此我的骆驼商队疾步前行，眼望东方
向东，向东，我的驼队满载丝绸和香料独行天下
去赴一场千年之约，不为王权和富贵
只为诗歌和美女

格尔木

高天上飘着一匹蓝底绣云的丝绸

这片被唐朝和吐蕃画下十字标记的老地方
拜占庭、波斯、东罗马帝国拥挤着走过
格尔木，丝绸之路青海道上的加油站
我和李白提着马奶酒扛着烤全羊，只想一醉方休
格尔木之西的胡杨林成为我们最初落脚的驿站
这些头戴黄金叶的部落酋长——胡杨林
在此定居几千年，拴过丝路上古往今来的秘密
你才是历经沧桑而退出繁华的智者

青海湖

青海道上我已走过前半生，后半生在前往唐朝的路上
我用青海湖这深邃的眼睛望着花好月圆夜下的长安
我与你的距离，是人类与月球登陆的距离
大唐是中国历史上我最想抵达的远方
不只是诗和兄弟李白，还有唐人在世界上的辉煌
我一如布哈河上游湟鱼产下的卵子，注定要回大湖
我要在青海湖里以十年长一斤肉的速度老去
看鲜亮的丝绸怎样让拜占庭的男人拜倒在石榴裙下

王伟，男，汉族，笔名莫名。1988 年出生，青海省西宁市人。青海省作家协会会员。毕业于河北师范大学汉语言文学专业，诗歌及评论上百首（篇）发表于省内外报刊。出版诗集《江湖》，曾获第八届青海省文学艺术奖。

庞洁的诗

已经很少有人当众说出羞愧了

长辈告诫
人多的地方要少说话
要注意讲话的分寸
切勿交浅言深

对于诗歌也一样
诗早都不是诗人们的正餐了
正餐是什么呢？
观测那些神出鬼没的内心戏
或谦逊或狡黠地相互承让

他说，酒后的承诺一定要兑现
就像朝阳对露珠的承诺
绝不能大而无当
过于决绝的话都不要信
要留意一些细微的善意

时光或挺拔或佝偻
越来越多的人学着表演真实
姜还是老的辣
自嘲与玩笑也是一种上升的哲学
让一切宿命般的丧失
都变得情有可原

痛苦，多么纯粹

一个乐观的悲观主义者
此时坐在阳台上
打量远处的黑
他的孤独和感觉是最大的自我
其他都是道具
诗人都是自己的王

他始终维护着自己的秩序
像一个优雅的主人
体面地接待任何不速之客
他对那些调情深情都付之一笑
然而
光阴的爱抚并不能驱散理性的阴霾

当他在纸上写下：
亲爱的，我对你
不是征服而是供养

不是狩猎而是献祭

那莫名的痛苦
多么像童年走失的明亮的孩子

庞洁，1984 年 1 月生于甘肃渭河源。文学编辑、诗人、作家。获第十七届百花文学奖编辑奖、第五届柳青文学奖、全国青年散文大赛奖，以及新华书店杯“2017 年度西安最美读书人”等荣誉，现受聘为陕西师范大学长安笔会中心驻会作家，入选“陕西省百优人才”。著有诗集《从某一个词语开始》。迄今在《人民文学》《诗刊》《作家》《草堂》《星星》《西安晚报》等几十种报刊发表文学作品百余万字。现居西安。

刘旭锋的诗

背　影

归心似箭的人，心怀故乡，不肯放下
九百六十万平方公里
逆行的人，穿越死神的酒宴
用白色、绿色和红色
为这片伟大的土地，冲喜

江城之外，箭竹和莲，秉持节气
一千公里的路上，他们和江汉，从未分离
慈航普度的人
以荷之名。在苍生深处
生须、抽枝……

遂宁，归人与莲

歌声落下时，遂宁正和满街的霓虹交杯畅饮

银杏叶从碧绿的人间偷渡而来
那里灯火通明，禅声扶着渔声

观音湖浅浅的舟子中
沸腾的悲伤和摇动的蜻蜓正在赏荷
那是行走的桨，划动时间的声音

对岸，人声如莲
窸窸窣窣的浪花议论着涪江
犀牛堤码头，月光绑架着所有的行人

言之成雪

顺其自然活着，或委婉地离开
我们日复一日，将土地和时间剥离
这，沉降的信念
是干枯的心田围成的苗圃

那些口若悬河的人
在历史的回音阁，关上舌头，闭上了嘴巴
他们游走在人群之中
又被人群束缚着

刘旭锋，男，汉族，1989 年 2 月生，现居四川省遂宁市，毕业于四川音乐学院戏剧影视文学专业，《青年文学家》杂志理事，嘉陵江新诗研究协会理事，四川省诗歌学会会员，首届四川省高校文学创作大赛评委。先后荣获新诗百年“新锐诗人奖”、冰心文学奖铜奖、中外华人爱国诗人奖（香港）等，出版诗集《执象》，主编《悠远文集》《飞越边缘》等读本。

超侠的诗

金　牛

沉默是一头金牛
不声不响
重若千金

张扬是一只纸鹰
看似凶猛
却抵不过狂风骤雨

温柔是一片海流
那么柔软
又无比坚韧

强硬是一块烙铁
嚣张的火红正滚烫
但能被一锤打扁成饼

那么
谁又与谁不一样

天龙之约

凝望星辰
空夜，龙蛋正徐徐生成
潜伏，百亿年时光琥珀
一个眼神确定未来之思考

星零零，云停停
星云之中，有星之翎
无人知晓的一片羽毛，宇宙的扁舟
落向何方，到达哪一块静谧的地方

无论是哪一个角度的轮回
都会遵守心中的约定
千百世，坍塌，膨胀
结构已成定局
记忆是固定的遵守

等那龙鳞漫天，金光闪闪的辉煌
把宇宙，瞬间点亮

见　到

未曾见到的是，真空里盛开了粒子的花

在不存在之虚，拥有着充实的存在
中微子穿透了你的思想，曾有的愿望

看它靠近，走近，几不真实
虚像组成的画面，伴随我们成长
如今我们已老，偶像未曾改变

勇往直前地攀爬，路上驻扎在巨植的虫洞里
为了一次见到，需要闭上眼睛，不停思考
耳语，也告诉岁月，慢慢拉长，不要变老

迎面走来，亲切关怀
时间的保镖，也阻拦不了
咔嚓一声，把真实的存在定格
在最微小的时间中震荡

超侠，科幻作家、编剧、诗人。中国作家协会会员，中国科普作家协会会员，中国电影家协会会员。鲁迅文学院高研班学员。主要作品有《少年冒险侠系列》《超侠小特工系列》《深海惊魂》《小福尔摩斯》，参与创作《快乐星球》《蓝猫淘气》等，编剧作品有《决战暗魂》《高手》《皇城相府》（央视）等，均被拍摄为影视和改编为游戏。十一次荣获全球华语科幻星云奖多种奖项，剧本荣获八一制片厂优秀剧本提名奖。诗歌作品发表于《诗刊》《黄河》等杂志，并入选多种年度选集。

陈琼的诗

成　都

从遥远历史走出的人群
在平原——成都
安营扎寨
以此忘记长久以来的舟车劳顿

目之所及
水边的人们继承
祖先伟大的工程
山上的人们
继续参悟生活的本质

太阳是流传久远的传说
万丈光芒照耀天空
神鸟早早从天空飞过
如今难寻踪迹

茫茫平原上

布满万家灯火
车如流水马如龙
酒杯碰撞的声音彻夜不息

历史或者现实
所有的一切
无非是保持偏执的形式

月季花

我已经很久没有关注一朵月季的开落
在窗台倾吐幽香
是既定事实或者价值判断值得深思
可以确定的现象为
它的语言没有声音
颜色和形状作为存在的唯美途径

从太阳的边缘延伸到花朵的内部
经历一个季节的距离
人声鼎沸鸟叫虫鸣
从花朵的边缘延伸到桌上的水杯
经历另一个季节的距离
万籁俱寂落英缤纷

月季花开放之时就已经宣告
它将与太阳、水杯达成默契

并且与泥土融为一体

陈琼，男，湖南祁东人，青年诗人，有多篇诗作入选《青年诗歌年鉴》《中国新诗日历》等诗歌选本，现为西南民族大学博士研究生。

康雪的诗

理发店

推开门进去
把对美的信任交给一个陌生人。
他说喜欢我花一样的面孔
花有很多种
不见得都很美丽
他领着我进入一块玻璃中
告诉我，别动。
他花了两个小时挤掉
我头发上的海水
但波浪还留在上面

这符合我的期望
一个陡峭的人，有了点线条。

野蛮的快乐

我小时候
也这样拿着苹果在桌子上
又敲又摔

我当时也只不过三岁
或者两岁
甚至更小。

你能原谅这种小吗
如果你也是很多年后
才意识到

当时的小
已经有能力
伤害到一只苹果的甜蜜。

月　亮

过去和现在的，是同一个月亮吧
你看到的和我看到的
也是同一个月亮吧。

“那么小的月亮，

却是怎样的无所不能。”但有时我们也
需要用痛苦擦亮这祖传之物是吗

多珍贵的月亮。善良的月亮

只有它能伸出洁白的手指，轻易地
拿走我们之间的距离。

康雪，女，汉族。1990 年冬月生，湖南新化人，现居益阳。曾参加第四届“新浪潮”诗会、第三十四届青春诗会，有作品发表于《人民文学》《十月》《诗刊》等刊物。出版诗集《回到一朵苹果花上》。

潘宏义的诗

玛尼堆

经幡飘舞的路标　莲花开放
刻满六字真言的花瓣
是遗留在山冈上的脚印
黄昏中闪动的情节
开启一个个心灵的密码
一滴清泪打湿一个朝圣者的归途
一片鸿毛飘零一个不眠的长夜
那彩色的石头　会说话的石头
会在黑夜间复活　说话
嗡嗡作声　安送游荡的亡灵
灵鹫的哀鸣找不到栖落的高枝
随着转经筒一起盘旋

从左到右 从前世到今生
从今生到来世
生命的轮回在石头上记写沧桑

龙蛇竞走　日月辉映
青苔累累的纹印
叠起虔诚的祈愿
一个玛尼石两个玛尼石三个玛尼石
一百朵莲花两百朵莲花三百朵莲花
一千种菩提一万种菩提一亿种菩提
在玛尼堆堆起的境界里
轮回……

潘宏义，男，汉族，1981 年 10 月生，诗人、作家、策划人、影视制片人。现供职于丽江师范高等专科学校艺术学院。出版著作《雪山清泉古镇束河》等十多种。

安然的诗

献　词

这杯必将举过我们的头颅
敬宁静，永恒，璀璨，一种洁净
和体内的辽阔

敬尘埃中的短暂和永恒
马蹄踏过月光
我尝试用无尽的哭泣
赞美你歌声中涌动的惊喜

我尝试在暴风骤雨中
拾取翠绿的影子
和一个干瘪的自己
献给你，和你的人民

废弃的铁钉

爱吧！用一根小小的汤匙
装满苍劲的风，和我
在夜晚的歆羡
一阵小小的颤抖

明日黄昏，我将用足够的海水
抵达你内心的波涛
越来越澎湃
新月突然有了枯枝的悔意

爱吧！这瘦弱的平静灯盏
犹如在篱笆墙外
我将高声诵读一根废弃的铁钉
是什么让它在暗处保持庄严的呼啸

五月，广州

慢慢，温吞
含蓄中带着优雅的醉意
五月在野，晚霞孕育光明
五月的天空炸裂
铁树开花

诗人坐在水莲的芬芳中尖叫
小说家向空中抛掷虚弱的果子

五月的黄昏按住流水的湍急
澄净、内敛、精巧……
深度节制
我的苍鹭美若黎明，请打碎我撕裂我
幽暗中，我唯一涌动的激情
在寂静的火苗前熊熊燃烧

安然，满族，内蒙古赤峰人。中国作家协会会员。出版诗集《北京时间的背针》。曾获《草原》文学奖、《华西都市报》十大诗人奖、《诗刊》李杜诗歌新锐奖。

蔡英明的诗

樱桃树

这棵树灿烂得如同爱情
爱情散发水果味

我死去的衣裳挂在晾衣绳上
祈求海水与飞鸟带走我

我写下的诗句像刀剑插在我胸口
我爱你像梅子即将腐烂
我爱你像树梢渴求雨水

我像月光一样悲悯而又慈祥的眼神
我即将凋谢而又复活的愿望
童年，我曾经埋葬一棵樱桃树
果实腐烂了。樱桃树的爱情开花了
我们的爱情像泥土一样深陷不能自拔

窗　前

我会在预言获得光线前消失
如你家窗前的樱桃树
得到爱与花苞后向秋意致敬

我会在忧伤获得狭窄的阴影前
超越海水与光线

忧伤闻起来，丁香味
忧伤是巨轮驶过岛屿留下颤抖声

樱桃树鲜红，上帝吟唱童谣
小手帕，小手帕
飞到东来飞到西

小手帕系满樱桃树
忧伤，满山遍野

虚　构

我要在空白的纸张上
写下飞鸟、小雏菊、芦苇草
搭建我们的木屋
我们曾经路过村庄

我说：在村庄做一个农民多好
我要在空白的纸张上捏造两个农民
一个是男人，一个是女人
他们在夜里听见蓝色海水涨潮
他们从彼此的身体里抓住飞鸟
又释放飞鸟
他们种植土地，种植娃娃
男孩，女孩，像人参一样结满土壤
他们会有安逸的阳光
幸福的生活
而这只是在空白的纸张上
虚构的一切

蔡英明，女，汉族，1999年生于福建泉州，现为海南师范大学在校生，现居海南海口。作品散见于《诗林》《草原》《泉州文学》《椰城》《海口日报》等报刊，并被收入《中国新诗排行榜》《中国诗歌年选》《青年诗歌年鉴》《汉诗三百首》等诗歌选本。曾获国际微诗大赛优秀写手奖。诗集《命名》待出版。

高野的诗

祖　国

我的祖国很大。我爱她
九百六十万平方公里的每一寸。
但我只能先从母亲
幽暗的小屋，被反复搓洗的围裙爱起。然后才是
炊烟之上的天高，云阔。

从挂在墙壁上的镰刀和麻绳爱起。
从一顶草帽破损的边缘我看见
时间的利刃划过脸膛。
哦，就从这无声的疼痛和忍受爱起。
从半夜里一声剧烈的咳嗽爱起。然后是
微微颤动的菜叶和麦地。

从一桶落满星子的井水爱起。
从一条用两座山都压不弯的扁担爱起。
从淤泥深处一节一节的莲藕爱起，然后是

碧绿的水塘和蛙声。

大雪封山，封门，封不住
一双龟裂的手。就从这插柳柳成行的双手爱起。
爱它堆高的谷仓，和举起的火把。

从一只芦花鸡被露水打湿的清早爱起。
直到一把锄头在黄昏的角落里卸去余温。

哦，祖国。请原谅我的自私和狭隘。
我的悲悯来自父亲的沉默。我的爱来自母亲
腰间盘上的痛。
如果你是一枚闪耀的勋章
我只愿把你别在他们的胸前。

余　舍

从瓦片上流淌下来的不是水。是时光
酿造的酒。让每一个来到余舍的人
都面含醉意。

那突然叩开灵魂之门的
不是水的声音。
是母亲
绵延的呼唤，穿透云层。如林间清脆的鸟语
滴落于此。

每一片瓦都接近肤色
和手掌的温度。并给你抚摸和宽慰。

在余舍，四十三个房间为你打开。
四十三个太阳和四十三个月亮
供你挑选。

阳光之后
是月光，洗着疲倦的羽翼。

高野，男，汉族，生于1982年，河南桐柏人，现居洛阳。作品曾发表在《诗刊》《星星》《诗歌月刊》《诗选刊》《散文诗》《诗林》《中国诗歌》《绿风》等刊物。主编《野》诗刊。

雪马的诗

母　亲

我在你的皱纹里
越来越迷路
总想辨清哪一条
能引领我
返回你的子宫
重度十月光阴

路　过

风路过午夜
雨声在天空起身
在此刻醒着
是幸福的
没有人和我

争夺寂寥
我趴在一行诗上
为昨日呜咽

清晨鸟叫

鸟为什么
在清晨
喜欢叫

因为一飞冲天
人类还没出笼
草木才吐出
新鲜氧气

它是第一个
呼吸到的
肚子里全是
干净力气

喉咙清爽
不叫
不快乐呢

雪马，湖南雪马文化传媒有限公司 CEO，本名孙进军，男，汉族，1980 年 8 月出生于湖南涟源白马湖畔，毕业于毛泽东文学院。诗人，策展人，《艺术村》主编，湖南省诗歌学会理事，湖南省企（事）业文联理事，湘潭市青年文艺家协会副主席。在《诗刊》《诗潮》《诗林》《诗歌月刊》《中国诗歌》《青年文学》《文艺报》等报刊发表诗歌，并入选《青年诗歌年鉴》《中国新诗排行榜》等多种诗歌年选。著有诗集《雪马的诗》《雪马短诗选》《我的祖国》等。现居湖南长沙。

林萧的诗

秋末，来自乡下的草

奔跑时，被我踩过的草
齐聚在公园的道路两旁
像人一样，喊出藏在泥土深处的疼
我认识这些来自乡下的草
它们跟我一样带着乡村口音
却被安置在城市的土里生活

已是秋末，城市的上空看不见蚱蜢
这些来自乡下的草东倒西歪
甚至有些面黄肌瘦　营养不良
“再过仨月，我要回家!”
当我在心里喊出这句话时
我听见草们的窃窃私语

是的，赶在春运到来之前
我将孤身一人踏上返乡的路途

我能带走身体里的病与疼
却无法带走这些乡下的草
它们衣衫破旧　眼神茫然
多么像那些进城扎根的乡亲
再也回不去自己的故乡

修鞋的女人

弯着腰，斜披着头发
眼神专注于形形色色的鞋
她有时用一台机械拆解　缝合
有时用铁锤敲击，用剪刀裁剪
在机械工、装修工和裁缝的角色中转换
更多的时候，她戴着口罩像个医生
把一只只生病的鞋治好，让它们回到脚上
继续行走、奔跑，或者舞蹈

她阅鞋无数，从鞋的高低辨识人的江湖
她低矮的房子允许陌生人进出
被带走的鞋偶尔讨价还价
被留下的鞋，折射出安静的光

鸽子蓝

遇见你之前
我固执地认为
鸽子只有两种颜色
白或者灰

现在，当鸽群飞远
把蓝色还给大地
天空的背面烧着火
把灰烬还给草木

林萧，本名申文，男，汉族，1983 年 3 月出生，湖南永州人，中国诗歌学会会员，湖南省作家协会会员。著有诗集《朋友别哭》、长篇小说《苦夏》，作品散见于《诗刊》《星星》《诗歌月刊》《诗潮》《中国青年作家报》《散文诗》《青年作家》等报刊，并入选部分选本。现居广东清远。

罗紫晨的诗

在陶瓷店

一个陶瓷器皿
可以盛水，可以盛菜
有时也可以装上花瓣
甚至还可以空着——
我们热衷于填满
到头来才发现
所谓满满当当
无非就是空空如也

感　冒

嗅觉被占领
你从来都不是它
真正的所有者。

多米诺骨牌次第倒下
紧接着沦陷的是味觉
酸甜苦辣，悉数归于混沌
咀嚼过的朝阳，反刍时成为
冰凉的夜色。很快
你要被迫交出言语。链球菌
越俎代庖，以命运的名义
扼住你的咽喉。挤出的字眼
在流亡中沧桑，它有沙哑的
眩晕，像头疼时的光谱
排列波长。你无处可逃
藏匿于阿莫西林白色的
避难所，在相持阶段
抚慰被殖民的感官

关于艺术

像一片花瓣蜷缩舒展
生活的横截面在这里摊开
言语是翻腾的径流，莫奈的睡莲
通过你的唇齿漂往我的分野
我听见花未眠的声音，盛着辗转反侧的语体
临摹绽放的斑驳
湖水稀释你的眼神，在虚词与实词的岸边
你颀长的身影，离开对话，走向另一个春天

罗紫晨，生于1993年秋天，曾获首届“诗意韩国”诗歌大赛金奖、东西方诗人奖、第五届野草文学奖、第七届白天鹅诗歌奖、第四届中外诗歌散文邀请赛三等奖、第七届中国校园“双十佳”诗歌奖提名奖，作品入选多种选本。现居湖北武汉。

石慧琳的诗

时间埋过头顶

那日微雨，泥土像往日一样新鲜
让我更相信生命的循环性，四季的轮回
所以不必惊慌，窗外暗黑的苍穹正在生出
点点破碎的星光

我听得见一颗尘掉落在发丝
裹着飘摇的生命，在人间取暖
一把黄土盖过头顶，每一颗都饱受风霜
我似乎看得更深——深过了时间

葬　花

瓶子里有一束被收走了魂魄的花
枯瘦、土黑，烈火焚烧
我相信，瓶子周围一定有许多灵魂

在悄悄哭泣。像一些无辜者

我不敢看它们，我知道端坐在桌前
已经像个不速之客，扰乱了平静的另一世界
没有落下一片叶子、一片花瓣
如果真有死后生活，但愿能把生机还给它们

可它们在春天死去，低垂，寂灭，惨烈
可我不会诵经，可我也不会牵引轮回
身体里的骨头开始疼痛
是那些灵魂在撞击，发出了煎熬的喊声？

为了安抚我脆弱的心，我翻开一本书
它有神谕一样的字句
我把亡命的花葬在书里，构建一个
又平又整的第二世界

孤独者的独白

此刻，不再追究过与失
被光穿透的谎言已经裸露在地面
天空还是一如既往的白，世界
在混沌中呐喊——
“灵魂失去庙宇，雨就会滴在心上”

此刻，我们陷入孤独的困境
在一个悄无声息的上午，所有人

都成为世界上最后一个人

石慧琳，女，1996 年生于湖南湘西，苗族，吉首大学宗教学硕士研究生。湖南省诗歌学会会员，湘西州作家协会会员。有诗歌发表在《湖南文学》《湖南诗人》等刊物，入选《青年诗歌年鉴》《中国新诗日历》《湖南诗歌年选》等年度诗歌选本。曾获首届湘天华杯全球华语诗歌大赛优胜奖。已出版诗集《掌心朝上》。

米心的诗

最　佳

当你凝望我这双疲倦干涸的眼睛，所有的事物
丧失了欢愉。它像一个老人拖着沉重的船
然后漫无边际地抵近风暴。在午夜的时候

他孤寂地抽烟，在午夜的时候
一头沉默的老虎爬上他的船

现在它不用牙齿，也不用利爪
没有女郎在跳舞，椰子树令人悲伤

风暴只留给他几颗残破的星星
星星底下，撑大的孤独又瘦了些。

秋　末

我听到光交汇在你眼底、流入心田的声音

很多国王与小丑，让我说不清我的决定
我的镰刀，我是你的农民
我是这片稻田拥抱了很久的亡魂
耳朵里的水，身体里的水
脚底里的水，踩过去，踩过来
秋天转眼间苍白、流泪
转眼间孤独、可怜。像白色的
翅膀断了
落在平原、高山、女人身上。

米心，本名林心汝，广东阳江人，1997 年 12 月生，写诗、写童话。有作品见于《椰城》《诗歌月刊》《散文诗》《十月少年文学》《中学生百科》《散文诗世界》等刊物，并入选多种选本。参加第九届《中国诗歌》“新发现”诗歌营，入围第二届“小十月文学奖”。

董喜阳的诗

倾听者

为一面镜子的反光
倒追风景，像是陶罐中的记忆
中间曾被深蓝色花纹
剪断。你脸上的荣美却是
永不吹响的熄灯号。四周昏暗
唯你自带光明
亘古的笛声悠扬到现在
我在水边，你在对岸
我终将做一条过江之鲫。温吞
抑或慢热，游向你
尽管在谈情说爱方面
毫无才华，我愿成为倾听者
额头冒出的细腻的汗珠

两条河流

长椅落寞。扑向男人怀抱的
女人，解除了公园的巡视
木质结构的脸
再一次冷却了下来。每天的反复
令它亢奋，也常有不安
直到遇见我们……它甚至揉碎
一切秋风的扫荡
我们的肉体不再控诉，约瑟的
饥饿之年。埃及的祈祷
被上帝聆听。我们的头顶冒着
热气，像玫瑰色的曙光
嗯。要说带有温度的话，我们
才能躲过阴冷的伏击
我们的一生何其短暂，木椅却
不是时光机。唯闻落叶之声
以证明我们坐了很久……

词语来的路上

词语来的路上
我并不设防。从动词，形容词，名词

到无法确认身份的你或他
相爱相杀。选择中的对与错
请你去祭坛中辨别
牛羊的叫声。虚幻的想象
没有节制。载满语言的
列车，司机的脸色不见得好看
恰是乘客，忍气吞声
用一张带有仪式感的脸，给足了所有
人面子。一个怯弱的人
只需遮挡半边脸
就可以包藏一截风尘。现在
如何进入一首诗，或是成为速效药
我并不知道
也请你前来。自便。
词语的任何赴宴，时间无须
通知我们

董喜阳，男，汉族，1986 年生于吉林九台。中国民主同盟盟员、吉林省青联委员，文学硕士。作家、诗人，兼事文学、美术评论。中国作家协会会员。结业于鲁迅文学院高研班。中诗网第五届签约作家。作品见于《诗刊》《星星》《扬子江诗刊》《作家》《大家》《清明》《飞天》《青年文学》《北京文学》《草原》《延河》《星火》《人民日报》《光明日报》《散文诗》《散文诗世界》《中西诗歌》《读诗》《草堂》《常青藤诗刊》（美国）、《北美枫》（加拿大）、《澳洲彩虹鹦》

（澳大利亚）等刊物。多首（篇）作品被《新华文摘》《诗选刊》《作家文摘》《青年文摘》《散文选刊》转载，部分作品被译成外文。

王文雪的诗

也说伞

拒绝过雨滴在身上肆意生长
我为落水中静默的空气
打抱不平

每当不速之客扑向更广阔的生灵
我的盾——
以保护之名，因湿漉而生

如果，能允许一阵细雨离开云层时骄傲地呐喊
说一说夏天：
雨从天上来，我在手中开

风　骨

这一次，梅花一定比以往的冬天

开得绚烂

当凛冽的风雪飘过
有众多亡灵在向洁白靠近
我不能像先前残败的花朵那样发出叹息
目光落到枝头，我要将雪花带进屋里
融化他们，然后一口饮尽

风头正猛，我也学着他们的样子 ——
在炸裂与沉静之后，与众多的白
一起傲然前行

王文雪，女，汉族，1991年12月2日出生，公主岭市作家协会会员。作品散见于《诗潮》等文学刊物。偶有获奖。现为《王朝文学》主编。

第二辑

华北地区青年诗人

陈巨飞的诗

清晨颂

一个瞎子挑着一篮韭菜走进菜市场，
一个哑巴在讨价还价。

在蔬菜进城的路上，
我遇见一截蕹菜、一粒豌豆，
一颗遗落的花生。
他们对生活的热爱胜过一切空谈。

渐渐地

渐渐地，把自己交给生活
除了在湖边坐着的那会儿
渐渐地，草木枯黄
雁阵磨亮天空
久违了，湖水

我内心无法抵达你的平静
只能暂时与你谈一谈心
黄昏时，鱼儿跃起
渐渐地，湖面上有了涟漪
一只鸟站在一棵紫薇上一动不动
只有远方，才懂它浩渺的心事
给我可消失的、可躲藏的
渐渐地，变成静物的一种
就像不远处有人经历生死
有人歌唱了一整天，有人
渐渐地与土地有了默契
便于在尘土中掩埋
如果我就这样深陷于秋日
成了湖边的一个秘密
渐渐地，我就认识了自己

登涂山记

白马尖的一滴水，走了这么远
才见到淮河。如果向下，穿越历史的尘埃
在盛满火的祭器上，它将被治理
而此时是秋天，河流安静
收获了粮食，村庄响起醉人的花鼓戏
昨夜的流星，藏身在龙子湖里
告诉我们一个秘密

登山时，不要高声语
也不要隐遁于一棵松树下
被九尾灵狐所迷惑，轻易地交出智慧的钥匙
诸侯在集会，妻子在怀孕
与其建一座方舟
不如带领欲望之水流向大海
登山时，我看见被剑劈开的巨石
千百年来习惯等候
对岸的荆山，像柿子树一样沉默
路边的野菊花，也不发一言
坐在台阶上，山风吹过我，也吹过传说
孩子在摇篮里呱呱而泣
他的父亲刚刚经过门前

陈巨飞，1982 年生于安徽六安，现居北京。中国作家协会会员，安徽省作家协会诗歌专委会委员，安徽文学院签约作家。河畔诗社发起人、首任社长，参加第八届全国青创会、第三十四届青春诗会、第九届十月诗会，曾获安徽诗歌奖、李杜诗歌奖等。著有诗集《清风起》。

石磊的诗

苦　难

我在苦难中挣扎
火焰从我胸中积蓄
意欲将吾身挣裂
我拼命寻求水源
我如夸父般焦渴
然而我一无所获
我回首来路
路已被我走尽
前方唯有我顽固的头骨
和坚硬的山墙
让探索的鲜血渗入岩壁
渗呐！钻呐！奔涌呐！炸裂呐！
将这山墙
炸得粉碎
然后鸽子将会落在我头上

它舒展着来自苍茫壮阔的宇宙深处的孤独
轻轻涂抹着我的伤口
鲜花会从破碎的岩壁中生出
我将脚踏上尖利的石头
回首看一眼我那被钉在历史风霜中的父亲
父亲啊
我抛下一颗热泪
继续前行

石磊，男，汉族，现居山东济南，1998 年 9 月生。现就读于山西传媒学院。2017 年获第四届“新青年”诗歌节古体诗一等奖。导演作品《浮世画家》入围广东大学生电影节。小说《玉雕湾》获华谊兄弟新影人大赛二等奖。

徐九如的诗

徙

到达南方的候鸟
越过北回归线
看望一株绽放在
猫的眼睛里的
三色堇

梦兽带着铃铛
披盖上散落的羽毛
想象你的余热
烘干潮湿
疑似秋又返夏

赌你不忍回望
栖在溪口的马背上
翻山越岭后
叹息轻微

一别又一年

徐九如，本名徐田文，女，山东临沂人，1993 年 8 月生，毕业于北京师范大学教育学部，现从事教育心理学工作，已在网络发表诗作百余篇，倡导“表达即疗愈”，经由文字抒写疗愈心灵。

艾秋的诗

今日谷雨

雷声响动，万物复苏
少女怀揣着的梦再一次醒来
是寒意，是暖风
交织着，却不知足

绿色的指甲，在键盘上敲击着
餐桌上的早餐，纹丝未动
昨夜的争吵，电视剧的放映
蒙太奇式的剪切，七零八落

去年此时
雨滴敲开了心底的种子
是滋润，还是洗刷
总之是迈出了那一步

女人来自金星，男人来自火星
两种不同的生物

来自不同的语境
又如何能感同身受

婚姻，从何而来
爱又当如何诠释
始终活在象牙塔中的姑娘
是否应该明白
时光已将你推向象牙塔外的世界
孤独，精彩，世俗，瞬息万变

艾秋，本名邱维雯，湖南人，90后，中国艺术研究院在读研究生。

蔡诚的诗

望故乡

看到满月，我常常泛起乡愁
心上，为那无缘看到的
来回徘徊。十年北漂
岁月蹉跎，能安慰我的
只有梦，饮于这些梦
脚下尽管遥远，抬头总是希望

一个人听雪

雪，脚步缓慢却密集
从天而降，一会儿
我辨不出大地，从前
忙碌的人们，也躲到房子里
只有白色在唱，天地间

如此飘逸，像沉浸在爱情

蔡诚，男，1980 年生于江西。又名江河、蔡我的等，诗人，北漂者。已在《人民日报》《光明日报》《新京报》《江西日报》《河北日报》《羊城晚报》《北京文学》《文景》等报刊发表百余万字作品。出版有作品集《北漂故事集》《流浪者诗选》《无题集》等。

冯晓静的诗

立　夏

听到风声不代表是雨落的尽头
花开半路也未必是不让人欣赏的理由
这不是时间的无情
也并非岁月的仓促
就像你会相信夏天的风很凉爽
冬天的阳光很刺眼
梦里的人很难忘

冯晓静，女，汉族，出生于 2001 年 3 月，居住在河北邢台。

何旭的诗

今夜错乱

出门前
我错拿出打火机
试图给门上锁
旋转齿轮
摩擦火石
无奈苦笑作罢
公园里
我错拿出钥匙
想要把香烟点燃
冰冷的金属
碰到香烟的前额
又一个错乱逻辑
回想现实中
我白费了多少
这样的力气

以至于在这冬夜中
踽踽独行
困守固执的自己

何旭，1988年出生，居北京，作品见于《中国铁路文艺》《中国汉诗》《岭南文学》《北漂诗篇》《渤海风》等刊物。出版过长篇青春小说《佛耳》、先锋小说《结伴之家》等两部作品。出品、制作的先锋话剧《结伴关系》，入围北京青年戏剧节、南锣戏剧节、北京喜剧周等推荐剧目，获奖颇多。参与《松江儿女》《结伴生活》《人造公民》《无色玫瑰》《归心》《人生合伙人》等影视作品的编剧、制作。

荆卓然的诗

分　工

雄鹰赶着一场风暴
牧羊鞭赶着一场雪
公路赶着一群群
南来北往的旅客

一棵高大的老槐树上
住着数家播放吉祥的喜鹊

窝在家中的我
正在电脑前
忙着孵化一窝诗词小令

鲜花和你同名

今日到市场

买回一盆和你的乳名
同样称呼的鲜花

别人为花儿浇水
我为你浇酒
外加几升营养丰富的
甜言蜜语

你不笑
花不开
你不开花
好色的春风不来

荆卓然，男，汉族，1997年6月出生，山西省作家协会会员，“三晋英才”拔尖骨干人才。现居山西阳泉。文学作品散见于《诗刊》《星星》《作品》《解放军文艺》等刊物，曾参加《星星》诗刊“第八届中国星星大学生诗歌夏令营”。曾在中国作家协会、《人民文学》杂志社、《诗刊》社等单位主办的文学大赛中获奖。著有诗集《小鸟是春天的花朵》、散文集《桃花打开了春天的门窗》。

敬笃的诗

镜中柏拉图

夜晚，凝噎的风，用理念清洗镜面
流落在黑暗中的事物，泊进思想的海。
水波折叠起城邦的浅白，一切无意义的
战争，仿若春秋的离乱，没有来由。
时间的劫难，在可笑的文明中，捆绑自我。
虚无的骨头搭建一座桥梁，通往理想国，
那或许不是彼岸，却可以撑起
历史的芜杂与荒凉。幽深的洞穴，藏纳
海盗的悲伤，他们是多么渴望有一抹阳光，
可以照亮万物的黑。镜中的柏拉图，收敛了
肃穆，与自我长谈，从古希腊到更远的他乡。

远方或草原

野草在远方的无垠中

讲述秋天的忧郁。白云如波涛
以汹涌澎湃的力量，卷走沙尘。
我看见，永恒之火在梦里燃烧
橘红色的深渊，透着无法言说的欲望。
也许，片刻喧闹之后，小河静静地流淌。

在北方，时间刮伤了动物的脸，
我想象中的草原，羊群自由地
在没有悬崖的山丘之间
寻找思想的边界。长生天寄居太阳
沉没的地方，试图普度众生。假如
再有声音响起，那一定是呼麦
出窍的魂灵，逃出黑暗——升天。

敬笃，本名李安伟，男，汉族，1989 年 6 月生，青年诗人、诗评人，哲学硕士，作品散见于《诗刊》《扬子江诗刊》《宁夏大学学报》（社会科学版）、《诗潮》《延河》《星星》《诗歌月刊》《中国诗歌》《上海诗人》《中国诗人》《山东文学》等刊物，部分作品入选各类年选。出版诗集《凋谢的孤独》，现专注于研究诗、散文诗与哲学。现居内蒙古乌兰察布市。

刘晗的诗

素食之家

自家饭食
吃得过于清素了
进了家门
有了出家的感觉

蜡　烛

停电的时候
陪你失落流泪
生日聚会上
庆祝你长一岁

炽热迸发，无力融化，剩下灰烬
点亮黑夜，装饰欲望，消失殆尽
从点燃开始倒数

犹如人生的演习

刘晗，1986年生于北京，毕业于北京第二外国语学院跨文化研究院。曾获香港青年文学奖、北京大学生影评奖，入围林语堂文学创作奖小说决选。诗歌曾入选《青年诗歌年鉴》，在《文艺报》《文学报》《中国图书评论》《中国周刊》《北京青年报》《京华时报》等报刊发表评论、小说、影评百余篇。著有《理想读者——阅读中的七重人生》，译有《历史学是什么——艺术与科学之争》《诗人的思考：蒲柏、惠特曼、狄金森、叶芝》等。

刘新源的诗

我将慢慢离开这里

我将慢慢离开
离开这里，离开你
当春波拍打堤岸
当软风吹遍窗纱
当一切都是那么好
我就走

我已经慢慢走了
不缓不急
我是一个人走的

你想起我来
就可以去各种地方找我
江上那个孤棹是我
横涉河汉的那颗星也是我
穿过松林的飘起你衣襟的风是我

照在山顶你的琴上的月光也是我

你要走你的路
我也要走我的路
你踏着那天早上的雾气悄悄出门
我也背上了怀念和遗忘
越走越远

刘新源，1990年5月出生，山东省作家协会会员，现在北京工作，诗歌曾入选《山东30年诗歌选》《山东诗歌年鉴》《青年诗歌年鉴》等选本，曾出版诗歌集《冷天》。

橘子的诗

插画里的女人

真好，赤裸时她那么坦然
毫不担心羞耻与流言
就那么静静地倚在一棵树上
像一条河流过旷野
她们都是极为简单的艺术品
作静物状等候

冬　夜

雪在旷野里下落
寂静之处升起蓝色的炊烟
我们双腿沾满灰尘
伫立在北风吹过的星空下
你向我说你的灵魂深处正在结冰

橘子，本名陈圆圆，女，1990年生，汉族，黑龙江籍。诗作见于《中国诗歌新发现诗选》《诗歌月刊》《散文诗世界》等选本、杂志。

弘羊的诗

初冬远行

日头悬在雾霭里
曚昽昏黄

墨色的树身
早已不似夏日时节的张牙舞爪
静默着站立
连身形都整齐划一
有些伸出修长的手指
托举着鸟儿的巢

芦苇围着的湖面
泛着粼粼波光
湖囊的一头
牵着细长蜿蜒的玉带子
遥遥撒进大片田野

弘羊，本名景燕瑞，女，汉族，山东省聊城人，出生于1991年1月。毕业于北京航空航天大学，现生活在北京。

孙灵芝的诗

河流抒情歌

一条河流爱着晨光，爱着水流里的温暖
它因此理直而气壮，因为爱是接受，是满足
它受了福光，坦然地在河道里游行

一条河流爱着雨露，爱着水生的源流与支流
它因此而悦纳万物，因为爱是丰盈，是和致
它真诚而至简，丰沛的水草和河风，我的河流

一条河流有一条河流的福分与担当
它经过了桥梁，经过了两岸的稻香
它所歌唱的抒情成分，并没有与陆地分割
万物相生在河流之中，万物变化在河流之中
一条河流也因此而幸福，或者忧心忡忡

斯是陋室

小小的，拥挤的，我的房子，杂物挤成一团，犹自欢天喜地
这些从公园被剪掉的竹枝、花朵，被海洋遗失的贝壳和海螺
还有，她捡回来的“星星”
（因为我说天上的星是石头，她就把所有的石头命名为星）

所以，小小的，拥挤的房子又怎样呢
没有人能扔掉一个孩子从世界带回来的春天

孙灵芝，女，汉族，江苏如东人。医学博士，讲师。诗歌发表于《中国诗歌》《人民文学》《山花》《星星》等刊物，出版诗集《有时》。现居北京。曾参加 2011 年《中国诗歌》“新发现”夏令营、2013 年《人民文学》“新浪潮”诗会。曾获第五届珠江国际诗歌节优胜奖、第二十九届樱花诗赛二等奖、第七届南通市政府文学艺术奖、第四届天津诗歌节优秀奖。

陈曦的诗

夏 歌

枝叶的阴影浸润初阳
一地琴声 满身细雨
水的另一端残留着穹顶
绿色的云烟里
春天未败的花
遮住果实尚未成熟的夏天

在所有诗句之前就已经到来
悬而未落的是六月写给雨季的情诗
湿漉漉的情思
还有连续十年的梦境

滴水陷入台阶上的青苔
映照了百年前剩下的跫音
曾经白鹤一样的少年
夏季墨绿的长衫

透出树的幻影

风追赶着流动的云絮
撞到满怀的清爽和灼热
绿萝的藤蔓缠住光线
沿着漫长和遥远
光线把滚烫遗落在地面
自顾自轻盈
无暇理会谁在张望

夏天的气息和乐声融进喧闹
藏在古老的锁里
被钥匙打开
熙熙攘攘
挤出夏天的张扬

陈曦，出生于2000年1月，南开大学葡萄牙语专业学生，从初中开始接触并尝试创作诗歌。

王彬的诗

宋瓷博物馆

一缕清风，吹开陌上花红
一江春潮，氤氲人生浅歌
宋瓷的美
古典与和谐，灵动与禅意
火的煅烧，釉的添彩
艺术魅力在灵魂深处燃烧
大彻大悟里坦然的是华夏文明不朽辉煌

宋瓷博物馆
架起一座沟通古今千年的桥梁
构建一座展现中国陶瓷史的殿堂
打开一条通往大宋王朝的路
宋瓷，文化的象征，泥与火的洗礼和涅槃
当万千灯光聚集，千呼万唤的声音
冰裂纹的宋瓷，长雀斑的女人

子昂故里

一个诗人，诗意了一座城市
占据一段历史的高度
子昂故里，谁在感慨
前不见古人，后不见来者
远在帝都的幽州台羽化成风
时代的悲欢离合
潜藏在内心深处
你的硬和瘦收录在初唐的辞章里
那份忠烈却草草收尾
当诗歌回归仁心
能否修复诗人一颗支离破碎的诗心
《回家的路上，汉字忧伤》
回家的路上，汉字忧伤
一个手里攥着火车票的人
在苍茫大地上，在拥挤的人海
卑微却倔强
父母还在，乡音还在，就不悲伤
故乡的屋檐下，怀抱太阳和月亮
我们都是故乡无数分子中的一个
风居住的街道，为一棵青菜泪流满面

王彬，男，汉族，1981年10月生，安徽太和人，现居北京。安徽省作家协会会员，北京市海淀区作家协会理事，中诗网第三届签约作家，知名财经作家。多篇诗歌和散文在《中国艺术报》《中国财经报》《诗歌月刊》《散文诗》《绿风》《中国诗人》等刊物发表，著有诗集《暖一场相逢》。

王秋阳的诗

辛波丝卡

我们无数次重逢，
在她的家乡。

我们无数次交谈，
在纸上。

所以我看到了她，
一个苍老永恒的经典。

我看到了自己，
在她面前。

我看到了世界，
在家里。

我内心无比感激，
这样一位，
陌生的女士。

从少年到迟暮，
跨过她的坟，
我抱住了她的灵魂。

我热泪盈眶地把那颗心，
复制粘贴一部分。
你就看到了现在的这一个我。

王秋阳，女，汉族，1993 年 8 月 22 日出生。现居北京。

王心妮的诗

暧昧与纯粹

暧昧
就是别样的吗啡
虽然可镇一时之痛
却会让人越陷越深

说来暧昧也是一种原罪
它往往令理智昏昏欲睡
底线则在不知不觉中
慢慢崩溃

如此不妨聊聊纯粹
即使它有时显得十分另类
却还不会真的让人反胃

若是选择纯粹
就千万不要追悔
再把无聊轻易地掺兑

因为绝对
本身就是一种美

王心妮，90后，国际当代华文诗歌研究会常务理事，白居易诗歌研究会会员，华语作家网签约作家，《中国汉诗》编辑。作品见于《中国劳动保障报》《风流一代》《几江》《中国诗影响》《青年诗人》《中华风》等报刊和《北漂诗篇》等选本。曾获第三届骆宾王青年文艺奖。

王彦明的诗

锤子美学

我们习惯了敲、击、凿
习惯了在扭曲中达成和解
甚至共舞，甚至飞升
那种直抵天灵盖的精准
让钢花跳脱如精灵
某个时刻，间隙来临
唯有呼吸是种解脱
转而承受更多的捶打
似乎空间消失
时间也是速度的变形
火星都是自己的光
如果可以燃烧一片荒原
成为一块废铁之前
就尖叫着刺入
或许成功转型：

“哦，锤子!”

陌生人的美意

我未曾伸手，接受这件夜的单衣
就囫囵地感知你的体温
从这充满褶皱的泥土里翻出花样

我当然可以在这拉扯中抵近巅峰
也当然可以在迂回中认清我们的界限。

王彦明，男，汉族，1981 年 10 月生于雍阳古城，现居于天津武清。作品入选《中国诗歌年选》《中国新诗年鉴》《现代汉诗三十年》《漂泊的一代：中国 80 后诗歌》等选本。参与编辑民刊《钨丝》《出路》、年选《天津青年诗选·2011》等。主要作品有诗集《我看你了火焰》、随笔集《民国爱情往事》。

王艺卓的诗

行　走

一座城
远看是斑斓的梦
是纯净的海
走近
是一片荒芜
是烟雾缭绕的人间

差　额

你的眼里
是满天星空
我的眼里
是你眼里的星河

王艺卓，出生于2002年10月。诗歌入选《2018全国中学生优秀诗歌作品选》、“保定诗人群展”（2017年、2018年），发表于《星星》《荷花淀》等文学期刊。

王奕鑫的诗

痛哭的夜

在半梦半醒之中
听到窗外的哭泣
凄凉，惨淡

我跳下床，开窗去看
一个人蹲在地上
双手掩面
身边还有几个酒瓶
过度的悲伤让他浑身战栗
也惊醒了我破碎的梦

灯光下他的背影
那么单薄，孤独
和平日里擦干眼泪
西装革履的他
并不一样

王奕鑫，男，汉族，1999年5月生，现就读于山西农业大学。作品发表于《读者》《星星》《知音》《作品》《北方文学》《鸭绿江》《牡丹》等杂志。出版《活出自己》《我们，就这样走》等多部图书。

于盛梅的诗

再而三

拆开你的笔画又装好
这样的，我的一天
粗暴地挨过一个
然后，等下一个

难免在深夜点灯
睡眠与我缺乏共识
在没有安慰的时候
它跳进小河

可是，早就
没有那么多值得去流的眼泪啦
我也没有方式去把后来的故事
都轻轻地告诉你

灯光点起遍地红晕
你侧着脸，你像朵云

你的目光精准穿凿
现实之于我的不合时宜

在没有安慰的时候
你成为我看不见的诗
镂空的名字，生锈的名字
落在纸上都洇成雪花

于盛梅，女，汉族，1996 年 2 月生，目前生活在北京。习诗将近十年，有作品发表于《诗刊》《中国诗歌》等刊物，作品曾入选《青年诗歌年鉴》。大学期间曾多次获得诗歌比赛奖项。

张凡凡的诗

白　鸦

世上只有这一只白鸦，
因为每天劳累已花白了羽发。
群鸦在讥诮：
你以为自己变白了就高贵了吗？
一天它辛酸呕血，
红血染了白发。
这天来了一群白鹤：
“你为什么有血泪？跟我们走吧！”
白鸦试着展开羽翅，
同它们在蓝天上飞翔，
经过一片青山一汪湖泊。
水平明镜里它的影子，
与白鹤一样熠熠生辉，
晶莹剔透的泪滴在湖面上激荡起涟漪，
温柔地扩展开去……

乌鸦不需要命名

乌鸦在苍白的天空，
追逐灵魂。
停滞在冰冷的胸膛，
欲啄出跳动的心脏。
群鸦聚集，
遮住火热的太阳，
众翅舞动，
冲散温绵的白云。
乌鸦不需要命名，
因为天下乌鸦都一个样。

张凡凡，本名张凡，诗人，词曲作家，创作型歌手，书画家，中国散文学会会员，中国音乐文学学会会员，在《诗刊》《散文百家》《中国文化报》《中国艺术报》《词刊》《艺术评论》等刊物发表作品。

海棠的诗

中元节月光下和你对饮

——悼陈超老师

你从楼顶跳下后，
诗歌失去了父亲。

今晚好多人在路口烧纸，
而诗人们只需要，
抚摸诗歌，你的体温，
你的名字，你的笑而不语，
你懂的。

我从你身上知道，
诗歌的跳楼是不一样的，
你又多了一具肉身，
仍在诗里呼吸。

中元节月光下和你对饮，
我们和诗歌对饮！

格桑花心中的平凡世界

——致路遥

西藏的白云慕名嫁给郭家沟，
《平凡的世界》推开苦难的七重门，
像格桑花每年在村西头的山峁上盛开。

你流星般的生命，
搭乘雨水的班车，
抵达陕北的心脏。
当年的故事被延安的小米命名，
被山坳的向日葵命名，
被夕阳洒下的一地金黄命名，
我不敢抚摸，
怕触疼那些沉睡的悲伤。

土窑洞住满你的童年，
油灯用怜悯的眼神
打量碗里的丙等饭菜。
食不果腹的寒门，
如今戴上诗歌的桂冠。
听你讲故事的老槐树，
把你的故事讲给后人。

门前的老石碾

碾碎稻谷里的日月星辰，
时光的老石碾
碾碎无数平凡，
《平凡的世界》碾碎了时光！

海棠，本名李春香，1981 年 1 月 27 日出生，河北省作家协会会员，中国诗歌协会会员，中国音乐文学会会员，著有诗词集《海棠月下》。文学作品刊发于《词刊》《诗选刊》《中国诗选·警察诗人档案》《诗潮》《延河诗歌特刊》等报纸杂志。

陈婕的诗

石　榴

石榴裙
特别女性化的词语

北方的石榴特别大
下班了
双手捧上一颗
望着远方的风
咬一口
秋天枯草的甜味儿溢出来

现在
我开始喜欢石榴了
打开夕阳彩云的盖儿
满目的晶莹剔透里
有一粒粒坚硬的宝石心

陈婕，女，汉族，1996 年出生于广西桂林，现为天津大学在读硕士研究生。

冯丹琳的诗

旧　书

整理抽屉
有本不大的书
边角已卷曲
书页也染了时间的黄

我听到
纸张缝隙
吹过的日子

偶然经过的微尘
也悄悄地转了身

冯丹琳，女，汉族，1994 年 9 月出生于河北省衡水市，现就读于天津大学。

光双龙的诗

时　间

芽一发，春天来了
叶一落，冬天来了
一发一落，虽是两个季节
却是一辈子的行程
花一开，夏天来了
果一结，秋天来了
一开一结，虽是两个季节
却是一生的酸甜苦辣

不想被一只野狗咬

一只野狗，经常围绕在身边
不能被它咬，就得
时刻注意它 关注它

一只野狗，经常朝着人乱叫
不能被它咬，就得
时刻小心它 提防它

一只野狗，经常虎视眈眈注视着人
不能被它咬，就得
用刀或者用它害怕的东西赶走它
时刻得提心吊胆，用心对付它
一只野狗，经常跟着人
不能被它咬，除非
将它送走或者打死它，但它的肉
绝对不能吃，因为会得狂犬病
不想被一只野狗咬
谨防自己也成一只野狗

光双龙，男，汉族，1991年出生。笔名杨韵、绛州，山西绛州人。诗作发表于《中国文学》《休斯敦诗苑》（美国）、《中国诗歌报》《每日新报》等报刊，有作品入选《中国新诗排行榜》《国际汉语诗歌》《青年诗歌年鉴》等选本，著有诗集《诗地拾零》、长篇小说《沉默的软肋》《那三年》等。

胡可易的诗

爱而不得

栖息在我心头的月光
照不进你无眠的梦

末场电影

真实的银幕
只在深夜展开
照亮大多数人的昏昏欲睡
和我的不眠

时间被放大
我逐渐缩小
成一粒灰尘
被回声击中

胡可易，女，汉族，陕西省商洛人，2000 年 1 月 16 日出生，现就读于南开大学。

刘小涵的诗

当我想落笔把春天写给你

当我想落笔把春天写给你
于是我就写下了好天气
写下了窗外划过的春燕的低语
写下田野 写下湖泊
写下所有关于春天的诗句
但我会小心翼翼地避开
所有关于花的话语
因为那种春意 总是凋零得太过急剧

当我想落笔把春天写给你
于是我就写下了柳树枝
写下了沉坠得越来越慢的落日
写下风声 写下鸟鸣
写下所有春天独有的歌曲
但我会绝口不提
偶尔嘀嗒而落的春雨

因为那种淅沥 总是铺陈着一个悲伤结局

当我想落笔把春天写给你
于是我就写下了我自己
写下了我那颗随气温回升的心
写下赤诚 写下犹豫
写下曾经所有的欲言又止
但我会默不作声地保留
从不将它寄给你
因为比起你 它才是春天来过的最好证据

刘小涵，女，汉族，2001 年 6 月 12 日生于吉林省四平市。现就读于南开大学。

刘星驿的诗

鱼

小水潭并不通向何处，
总是绿意环抱，
从未封冻。
白天，
我在潭底徘徊，
在草荇间穿梭。
梦里，
我在山林上空飞行，
在戈壁狂奔。

刘星驿，女，汉族，2000 年 5 月出生于天津，南开大学学生，现居天津。

刘垚瑶的诗

禅　香

一把香
在轻烟中开出了花
多少人的心事
说给了它
你可曾记下
你可曾回答
作尘的青灰
古刹的芳华

刘垚瑶，女，汉族，生于 1993 年 3 月，现为天津大学在读博士研究生。在《山西晚报》《太原日报》《齐鲁晚报》《淄博晚报》等刊物发表文学作品多篇。

王子伊的诗

那晚我只看见树林的阴影

以招之即来挥之难去的疾病
作武器，讨来客套寒暄提醒
受害者姿态放低，无愧于心
孤注一掷委曲求全到感动自己

我脚步放得很轻，像一朵棉花
又如一颗为秋日殉葬的板栗
偶尔，躯体也从生活的汪洋中
浮上来，慢慢换一口气

我的灵魂正长出锋利的犬齿
咬碎夕阳，流淌整整一地
弥漫开来雾气昭昭的血腥
花枝招展的气味，贯穿生命

那天夜里，风呼啸而来
席卷走秋季沉默的树影

拥抱很轻，凝视也很轻
我不关心永恒，只关心你

王子伊，2001 年 10 月 11 日生，中国人民大学在读学生，已出版个人诗集，曾在《散文诗》《中国校园文学》《作品》等杂志上发表作品。

阿佑的诗

言　语

沉溺，成瘾。
用全部的灵魂和心尖的一点儿月光，
爱你。
你不必感觉负重，
我轻柔着不压迫。
困倦了，有我可栖。
烦闷了，自当离去。
我只念，你也如此——
如此，爱我。

阿佑，本名周燕娇，女，汉族，生于 1998 年 3 月，现就读于北京联合大学。

孙文敏的诗

列车穿过华北平原

列车穿过华北平原
触目寒冷
十二年后再度北上
一如当年的小麻雀向窗外眺望

树林旋转作灰色的蒙太奇
麦田凝碧
水渠清亮纵横
几何状的冷艳、平整
收割后的华北平原是一块画布
由我的祖辈父辈浓缩成的土褐色
涂抹而成

列车穿过华北平原
北风吹过旷野上的坟圈
人们各自生存、忙碌、爱恨

代代无穷
死后相互依偎
坟丘泊在自家麦田
在飞驰的列车窗外
只是一瞬，一点

黄土地上
一个农民在炮制烟雾
把玉米的残骸火化
埋在先人的骨灰旁边
一只小麻雀向它的妈妈
发出童稚的惊叫：
（恰如百年前
坟里的他们站在泥土里
睁圆了眼睛
指着喷气的列车叫喊）
“烟!”

我突然想起家乡墙上
那怒目圆睁的大字诗句：
烧了秸秆
丢了饭碗

列车穿过华北平原
只有长风变换常新
亘古流动
枯树农田坟圈

坟圈枯树农田
靠窗的位置最催眠
困倦使我闭上了眼睛

德州
沧州西
长亭更短亭
闭着眼睛我也知道
窗外唯一的不同
只是山东的水渠
在河北冻成了冰

列车穿过华北平原
您已到达终点站：北京
一瞬间
乘务员温柔的声音像一把匕首
和车站的锐角一起
撕裂了我的画布
北京，北京
这个名字
突然让我感到如此地恍惚
心惊

孙文敏，1996 年生，北京师范大学文学院在读硕士。

王嘉宣的诗

视　角

晚高峰的车
落入眼中
像老迈的蜗牛
缓缓前行
一圈圈车灯
模糊成光影

周围高高的大楼
静静地看着
悄默不语
大概高楼
带着别样的期许

透过纯黑的车窗
我看到车灯闪烁
大概

是在表达难言的快乐

地面上的车子、大楼与我
落入了天空眼中
它眨了眨蓝色的眼睛
我一抬头
黑夜被天空
眨出了满天繁星

王嘉宣，笔名王落雪。出生于1997年12月15日，目前就读于北京联合大学师范学院。曾经获得春蕾杯全国作文大赛一等奖、江苏省首届“童话里的故事”三等奖等奖项。

武文强的诗

群　岛

无名侠客远离中土
高僧老道拭去红尘
诗人饮尽最后一杯酒
画者烧完最后一幅画

凋谢的花没有再开
南归的鸟也没再回来
枯树看尽最后一次日落
孤狼听完最后一场风声

每一个体都是一座孤岛
任意漂浮
独自沉没

武文强，男，汉族，出生于 1997 年 1 月，毕业于天津大学。写有《花解语，解语花》等作品。

朱一鸣的诗

礼　物

昨天的雨
一直下到了今天
如果它知道你在风中跌倒
会不会因此选择离开天空

夏日的蝉
不停地在树上聒噪
如果它知道你在窗前思考
会不会因此沉默不语

路边的葎草
缠绕着生长
如果它知道你从小路经过
会不会因此藏起刺芒

这个世界上
星辰过于辉煌　彩虹过于鲜艳

林间的清风有时又很清冷
一缕一缕的花香太易消逝
我寻不到适合你的礼物
我想 或许
等到你转身看我的时候
我会明白礼物的真谛

朱一鸣，女，90后，老家河南，现在北京工作。

解文慧的诗

浮游者

我的身体深深地爱着您
精神却在逃离
我匍匐在荒芜的大地
用心脏的跳动去感受
每一秒的饥荒与战争
为什么人的生命在凡间
信仰却在天堂

光年以外
星云以奇异的魔法引诱着我
银河的光朦胧得像冰山的雪莲
这颗蓝色星球
破裂，失明，灼伤
海洋的水温升高，我慢慢变冷
海豚逃亡，山河动荡

我褪下所有
跃入大海，寻找一位浮游者
很久以前他告诉我
人永远都有双手合十的力量
那是生命的力量
那是爱与慈悲

在任何躁动的世纪里
生灵都要敬畏奇迹与希望
就像一只蜉蝣
在这冰火交织中
穷尽它一生的信仰

解文慧，笔名青瓶，女，2000 年 2 月出生于山东济南，在校大学生。

何咏欣的诗

畏

怕吗
当夜里只有一束灯光

怕吗
当夜里还有一束灯光

偶　遇

喝水的时候要仰起头
透过瓶底我看到
彩虹

何咏欣，1997 年 4 月出生，广东茂名人，中央民族大学研究生。

鹿珠晖的诗

第一次坐飞机

我看着飞机起飞
像一只鸟
飞得很吃力，但很努力
我突然很想笑
但绝非有意义的笑
它突然敏捷地冲上了云霄
竟像人一样可爱

我依然看着飞机飞
竟忘了我也在飞机上
就好像能看透些什么
这毕竟在天上，而我
是多么笨拙的人类
到底是飞机带着人类飞翔
还是人类实现飞机的梦想

我假装不让别人看出来
第一次坐飞机的人，毫不惊慌
人如此渺小
比想象的还要渺小
人如此伟大
超越想象的伟大

鹿珠晖，女，汉族，1994 年 10 月出生，山西省翼城县人，天津外国语大学硕士毕业，定居于天津。

李姝萌的诗

流　浪

我眼望的世界你大概看不到吧
我想，我们是生活在不同的月光下
而深夜，我们也将
以不同频的呼吸安眠

我应该去看你吗？
如果我的到来不会使你欢喜
我宁愿离开——
遂你心愿的放逐也是我的幸福

当你在某个春日的午后
望及那拂面的春风
是否会想起我曾与你说过的那些明媚和风情——
我依然渴望你心中一涌而过的波澜

你是否会挽留我
像在夕阳下挽留拂身而过的风一样

我跟它一样总在流浪

但我不是风
我有心系的坐标
你是我想回却只能逃离的故园

李姝萌，女，笔名小樱，1998 年 3 月生人，汉族，祖籍山东济宁，毕业于北京航空航天大学。

小雨点的诗

猫与禅

半生梦魇，半生经纶
是梦里了了凡事？
是凡尘了了一笑？

半生呼噜，半生佛经
是有意的呢喃？
是无意的习惯？

半生梦里，半生修行
翻身无意
眼神已穿万重山

小雨点，本名张小艺，出生于 1993 年。现居天津。

袁洁雁的诗

预言家

每个人，都是预言家
很早就从过去参透未来
从一朵随手摘下的花
预见情人的枯萎

从一艘新的船
知道万事注定归于沉沦
千奇百怪的人生
都是昙花一瞬

尽管精心布置的宴会
盛不下一生的欢悲
前人在创造寓言时
隐喻了千万种殊途同归

袁洁雁，女，出生于1994年8月10日，籍贯湖南。现就读于北京语言大学。

张晶的诗

写给达吉亚娜的信

我不想只在玻璃窗上看见太阳
不想只在城市中穿越丛林
我不想加入对面女人们叽叽喳喳的聊天
也不想独自一人
被吞没在热闹的街市间

达吉亚娜
这一刻我有一些想念你
或许比一些还多一点儿
清澈的月光正照着你忧郁的面庞
是森林里的花朵斑斓
草地上的琴声婉转
你在忧郁什么呢
高楼上的月亮
也是一样的迷茫

在过去许许多多个安静的夜晚
叶赛宁曾叩开我们的窗户
别尔嘉耶夫向我们迎面走来
我们在高高的白桦树下告别
愿阿穆尔河荡漾的波涛
把我此刻的细语轻言
推送到你的身边

张晶，女，汉族，1993 年 6 月出生，籍贯安徽六安，现就读于北京语言大学。

柿柿的诗

死亡是一列地下火车

多么好。所以你不必绝望。
它冲着你呼啸来，像天空冲向一只鸟
长城碾碎一只蝴蝶，所以多么好
死亡是一列地下火车

趁机吃糖的人，周日的站台上
眺望月亮的逸乐的人。
所以你不必问我那个答案
死亡是一列地下火车

所以有人痛哭，有人踮着脚尖排队
偷尝那甜味。它要你低下脑袋
它要你必须失败。所以也就有人
一边左顾右盼一边吐痰

死亡是一列地下火车
为你带来更多朋友。它轰隆隆的轨道

是远在童年的一架爆米花机
所以丧失与得到根本是一回事

如果你愿意，你就祈祷并发笑
如果你愿意，你就可以变成月亮
就可以摸黑运走你自己
哦，因为死亡是一列地下火车

所以哪怕你天天出神
永远搞不明白怎么专心当人
那月台的另一边
还是有人忽然就叫出了你的名字

柿柿，本名闵逸菲，江苏苏州人，1996 年生，北京大学西班牙语文学专业硕士在读。

李新新的诗

缪　斯

暴晒久了
干涸，迟钝，依旧热情
可眼少了晶莹
翻开陈年的书页
如枯黄的野草
再也没人围观，争抢
盘腿而坐
打个哈欠，或者精神抖擞
不论专注或慵懒
暂时的遗忘
遗忘富贵
荣耀，膜拜和鄙夷
离它们远一点
再远一点
这些工作必不可少

我在那里等待
一定能等到的
闪闪星子
她有个名字：缪斯
虔诚
无尽的虔诚，翻滚的热爱
听不见的呼喊，梦境
制造了这一场
迟早到来的相遇

李新新，女，90 后。原签约作家、自媒体人，现在北京工作。

李慧文的诗

个体的历史

没有人知道这件事，几个小孩
将一只摔死的麻雀火化，黑色的灰
被装到铅笔盒里，只是中间
出了意外，有肉香从火里溢出来
宛如神圣的典礼受到玷污。
但是，执行仪式的人
不需为此受折磨，他们不是刽子手。
墓穴安置在田里的枯井旁，一棵刚种的
榕树底下，他们用石子在树皮上
刻了字符——“麻雀之墓”
于是，个体的历史以碑文的方式记载。

庇　护

就像衣服藏在柜子里，

人躲在伞底下。
总得有个避难所，
天晴再出来曝晒。

于是人人都撑着一把伞，
躲在伞下的轮廓越来越模糊，
人们靠伞面的图案来辨别彼此，
每到一个地方便将自己和景物拍成一张图，
数据将照片传到伞面上。
所以，何必在意伞下的模样是否清晰，
伞面才是真实的世界。

并且他们变得很难开口，
嘴巴用来咀嚼食物，
他们靠着口罩说明自己。

交　换

守着十字路口的绿灯和红灯，
六十秒倒计时结束，
人行道两边的人开始交换。
电线杆上的麻雀目睹着一切，
它们很快挪了位置，无须等待。
这头的银行和那头的甜品店，交换了人群
银行卡里的钱交换了布丁。
标明自我的人头上戴了根天线，

他们在 Wi-Fi 信号满格的时候最容易满足。
在共享的街道上，戴天线的脑袋
和 Wi-Fi 一样普遍。
需要是可以被改变的，
猿猴从树上下来。
一只羊换三匹布，
文明就是从这开始的。

李慧文，1995 年 6 月生，福建福州人，毕业于北京大学中文系，作品和研究论文发表于《北方文学》《写作》《文学教育》等刊物。

郭良忠的诗

怀念一片枯叶

在秋天，我们必须把生命如同果实一般高挂。
如果大风来临，我们或许把自己裹得更加严实一些，而只有叶子开始变得枯烂到纹路清晰可见，直到太阳纬度北移……
夜里，只有那炽热的火焰扑到我内心无边的深处，悄然绽放。
曾经，大雪浸没了我的头颅时，无数的叶子开始孕育新的萌芽，而那无声无息的微笑唤起雪域羚城奔跑的羚羊。

我们的天空

我独自流浪在草原……
潺潺的水声奏响牧女的歌声，毡房里升起浓浓的炊烟，高高的山冈被银白色的月光洗礼。我们寻找着共同的祖先。

牧人发过誓言，就如同逆转经筒旋转的方向。也如同我们活在世上不停地轮回。

如果明天落一场大雪，我要从遥远的地方带月光遗漏人间的温暖，去融化春天最后的一片雪花。

请求雪山用融化的雪水来描绘我的草原和人类的心灵。

郭良忠，生于1993年，甘肃甘南人，著有诗集《流淌在高原》，诗歌见于《飞天》《绿风》《散文诗》《山东文学》等刊物。

眸倾天下的诗

暮　色

此刻 一抹红盖头
沉醉了山巅
鸟儿跃上彩云的肩膀，眺望远方
云彩之上，一颗红豆灼尽最后一点相思
云彩之下，是谁推开时光的柴扉
轻拂小园的青苔？
桥下的流水也唱起动人的情歌
一道道彩墨，
晕染着心的白莲
也晕染烟火人间……

此刻 缘香习习
我双手合十
三关山里暮鼓响起，
静默
所有的鸟声和悲欢呓语

都塞进他的怀抱……

眸倾天下，本名张玉芳。90后，河北井陉人。毕业于河北大学。现为中华诗词协会会员，河北作家协会会员。诗词作品散见于各级报刊。

第三辑

华东地区青年诗人

林杰荣的诗

青瓷之爱

它的冰裂纹让我心疼
宛若情感饱受重创的女子
而天青色釉那么淡然，那么宽容
女子心中，无怨，无悔

我从没见过这样的爱
极致的矛盾，极致的和谐
当汹涌烈火淹没人间
整片大地都是胎盘，而天空
拼命挤出那块胎记和第一声哭

难产，易碎，命运已注定
它唯有不断爱着人间
以期待人间对它多爱一些
时光无法冲淡这种情感
那么长的黑夜

它艰难地守住了清白

一寸雪

最初是冷冽的星光
光熄灭了，才慢慢化作水
很多事物只能熬过一个晚上
一寸雪，积累得非常艰难

要坚持一种肤色，一种语言
坚持燃烧的火把和失明的双目
还有很多骨头要打磨
来不及喊痛
就把自己拆得面目全非

高山，其实没有想象的那么高
一寸一寸地爬上去
不值得叹息，不值得流泪
源头的雪，它们融化得最快
最先经历一道光的生与死

晨　音

起风了，寺里的晨钟

一声声荡开
淡淡草木香，似水流淌
我不禁打个冷战，天还没亮

几颗星子寂寥地挂在半空
钟声响，它们亮了些许
寺里的老树宠辱不惊
两只鸟在它头顶跳来跳去

我听到一些细微的声音
譬如花叶摩擦，譬如露水滴落
寺里的师傅已经开始诵经
而他们，并没有声音

林杰荣，男，汉族，1986年出生，浙江宁波人。中国诗歌学会会员，浙江省作家协会会员，浙江省检察官文联理事。在《人民日报》《诗刊》《儿童文学》《星星》《山东文学》《延河》《扬子江诗刊》等刊物发表作品七十余万字，获李白诗歌奖、鲁藜诗歌奖、徐志摩微诗歌奖等，作品入选《中国诗歌年选》等三十余种年度选本。出版长篇小说一部、诗集三部。现居浙江宁波。

余退的诗

菜摊旁

简易的木板上，小姑娘埋头
在作业本里寻找出路
偶尔她抬头
看看满满当当箩筐间的世界
如此高低不平

我知道
此时，她还不能完全理解
正在围困她的一些东西

作业里那些难解的题
使她怔住一会儿
这些题目，还不会真正难倒她
把她逼入绝境

她们长得如此相似
我向她母亲，多买了两样蔬菜

纸　条

在掰下树皮、摘下蘑菇时
他总是想起一些小纸条
那些童年的秘密
塞在一些物体的背后
忘了被取出。仿佛伐木后剩下的
树根，在地下的黑窖里
继续生长，几近停止
但依旧在生长着。一位根雕师傅
和我说过他缓慢的秘密：
初一十五要祭拜树神
那些仪式、祝词
就这样断断续续流传下来
像从一只只手上
递过来的几乎烂掉的小纸条

影子情歌

争吵之后，她沉沉睡去
留有怒气的他
推开房间，他的影子
背对着他亲吻了她的嘴唇

影子知道自己获得了原谅

他在床的另一边躺下
熄灯后，塌成更大的影子
他们又被混合成
整整一块不可切割的黑暗

余退，本名曹高宇，男，汉族，1983 年 7 月出生，浙江温州人，浙江省作家协会会员，“海岸线诗歌”网刊主编，有诗歌发表于《诗刊》《青年文学》《诗潮》《江南诗》等刊物并入选年度诗歌选本，出版诗集《春天符》。现居浙江温州。

肖扬的诗

馈　赠

搅起你的宁静
是我在真诚的遗落中发现了真诚
在慰藉你的同时
我们用眼睛理解了眼睛

你说自己像纷纷扰扰的街道
我说突然发现一个身影分外恬静

如果你是风
吹散骚动的黄昏
原谅一个匆匆来去的精灵
委实不情愿让一颗心又累了一程
只是想我的戈壁滩有你的绿荫
清凉的关怀
同样刻骨铭心

传说

距离是一个远古的童谣
于是
我捡起讲给你听

不再孤独

今天夜晚
远古的风
睡熟了
星星终于没有走来
我闭上眼不停地走着
你为什么站得那么遥远
如最初陌生的你

真的，我说不清楚
你搁浅的船
怎样驶进我的岁月

我坦荡的目光里
写满了你的名字
仰起脸的时候
世界奇异地改变了模样

你递给我的那支雪糕
已融化成河流
船已经开始轻轻摇晃

我也知道你的目光
在翻阅我消瘦的身影
但我不知道许多年后
航程太远
风涛并不可怕
岸还未出现

我喜欢你远远站在那里
我们的目光将明亮而又灼热
犹如灯塔在前方闪烁

肖扬，男，江西永新人，90后，大学毕业后在湖北工作。有诗作入选《青年诗歌年鉴》《中国新诗日历》等诗歌选本。

陈桂明的诗

致故乡——永新

故乡是村口的一棵千年古樟
永远守候着村庄与一片田野
故乡是秋山之巅的朵朵白云
时刻飘浮在游子的心头
故乡是流淌万年的禾水河
哺育我的童年孕育我们的未来
故乡是三湾金秋的红枫
照亮我们金光灿烂的前程
故乡是罗霄山下条条曲折的山路
连接着祖国与世界各地
故乡是一口浓浓的赣西乡音
唤起天南地北同一家的永新人

陈桂明，江西永新人。80后，毕业于中央美术学院。现为职业书画家、自由撰稿人、国内数所高校客座教授。

容韬的诗

独　饮

独自饮茶，然后饮酒。
饮下春风的暖，也饮下天空的蓝。
饮下沉默。沉默，是对声音的设计。

饮下叹息，
饮下一杯生活形状的苦药。
让回忆多出些回甘。

淡淡想念散发着麝香气息，
酒浓也浓了追忆。

若孤独为溪边一株低矮的树，
我下山来与你相依。

容韬，本名戎栋烽，1983 年生人，浙江省作家协会会员，诗歌散见于《诗刊》《诗选刊》《青年文学》等刊物，出版长篇小说、传记文学多部，现居杭州。

何亚兵的诗

我的记忆里有一块麦田

我的记忆里有一块麦田
那里，爷爷曾对着青青的麦苗
拈须微笑，就像佛祖一样慈悲
那里，奶奶拐着被裹了几千年的小脚
在颤巍巍的拾穗姿势里
露出祖祖辈辈传承的微笑
为丰收的喜悦，也为
冲淡饥饿在肠胃里泛起的思绪

后来啊，那麦田成了父亲的领地
风可进，雨可进，与丰产无关的不能进
青涩的麦苗一天天变黄
金黄色的肤色遗传了父亲，以及
所有黄种人辛劳的基因
黄色的麦穗在风里坠沉，就像父亲
越来越低垂的脊背，只有脸上的微笑仍在

绽放，和麦田里佝偻拾穗的母亲一样

现在，我也有了一块麦田
我并不打算在上面种下麦子，我等不及
由青到黄，也等不到一个肯为我
拾穗的人。麦田在时空里随性荒芜着
长满了一些最熟悉的无名野草
我在等秋风起，爷爷和父亲就会
回来。他们会收回麦田，为我种下禾苗
然后在夜晚长成，我心底隐藏的思念

何亚兵，男，汉族，1983 年 9 月生，安徽枞阳人，现居江苏扬州。曾获全国旅游散文大赛最佳文化散文奖、“大夏书系杯”全国征文一等奖、“美丽合肥”全国诗文征集一等奖等，文学作品见于《人民日报》《散文选刊》《美文》《牡丹》《鹿鸣》《中华文学》等报刊，作品入选《80 后文学选》《中国当代散文精选 300 篇》《青年诗歌年鉴》《中国散文诗》等选集和年度选本。

胡薇的诗

在秋风里写诗

迎面与一片蓝色相拥，
金色幕布中，清高秋风里，
荻花摇曳着温柔的身姿。
高楼在左，群山在右，
时间藏在过往的车鸣中。
转角的紫薇柔弱而坚挺，
以花的名义。
我站在泠泠湖面上，
看落霞为我写诗。

突然想停下来

徘徊在一个陌生地方。
到处是别人的喜怒哀乐，

我尽量走向灯火辉煌的街道，
依旧挤不进人海车流。

盼望有星星落在肩头。
听海浪敲醒漂流瓶的悄悄话，
远在沙滩静坐着，
枕着陌生的情话入眠。

海鸥飞过一片蓝色，
似洁白的云闪过梦想。
角落的礁石被海风吹了十年，
留下历经风雨的黑色回响——

恋爱是一种被高估的情感，
而爱不是。
愿每一片海都有
灯塔守护。

胡薇，女，1994年出生，汉族。曾在《诗潮》《石狮日报》《井冈山报》等报刊上发表诗作，有作品入选《青年诗歌年鉴》《中国新诗排行榜》。现居江西吉安。

黄吉勇的诗

我　们

我一直都感觉到
用树木去接触星辰
是对大地的渴望

你要强烈的安全感和仪式感
真实的爱意和绝对的占有
是你的恋爱法宝

坐在一张桌子上对话
窗外下着雪子
我们走丢了我们

黄吉勇，男，汉族，生于1991年2月16日，现居江西抚州，为抚州市作家协会会员。诗歌发表在《星火》《江西日报》《江西工人报》等报刊，并入选《青年诗歌年鉴》《江西诗歌年选》。

李进的诗

假　日

季节流转，留下连绵阴雨
草木得到滋养，泥土松软
适合栽种或埋葬时光

雨伞长满街道，如城市繁花
点亮灰暗的清晨。风在手中
清冷如霜，又温润如玉

以童话之名，在窗上给即景涂色
出门奔跑，踏出浪花
在雨中减轻一天的重量

淡漠的日常也有诗意
比如此刻，女儿在低处的水洼
拾到一块小小的天空
驻足停留，视若珍宝

李进，男，汉族，1983年7月20日生于安徽安庆，现居安徽安庆。安徽省作家协会会员。有作品发表于多家诗刊。

刘坤的诗

醒

现在开始喜欢白茶，不杀青，不揉捻
这些精灵，就少了许多折磨
采摘后，在竹匾上铺开，不翻身，萎凋
再进行烘焙，摊凉，复烘
至于如何存放，全靠一个心字

从它们身上，我总能找到
未被破坏的生长痕迹
这让我汗颜。我的痕迹在哪里？
是空留两鬓新生的白发
还是日渐旺盛的肝火

“活下去，并且要记住”
春风吹不走这些痕迹，它却能
吹走我眼中多年的浑浊
茶能明目，睁开眼，我会醒得更为彻底

刘坤，男，汉族，1984 年 7 月出生于安徽临泉，现居安徽省临泉县。安徽省作家协会会员，阜阳市作家协会理事，阜阳市诗歌学会副会长。诗歌作品散见于《诗歌月刊》《诗选刊》《星星》《绿风》《散文诗》等报刊，多次获奖，有作品被收录于多个选本。著有诗集《浮世》。

邵骞的诗

未来名片

多年以后，你从我的名字开始认识
我，你拆解它的笔顺结构，轻巧的
手法，就像在玩笑的刀尖上拆除
舌头的炸弹。你组装，还原毛瑟枪的
久远的弹簧，它的走火冲破石油发亮的
黑。你辨认，必定以我为一张失落的
地图，在边界里标示和篡改无限物：
忧伤的太阳和伊卡洛斯，电光流窜的
波珠荡漾于待命名的流域。我不得不是
海盗身旁多舌的鹦鹉，演绎醉徒失败的
过肩摔，学习水手幻想的空中溺水。
在保质期面前，我只能是病症诊断书，
更多时候对世界无效。我从无声的自救
中一次次死去，而纸面的我一次次复活。
在那些曦光生锈的日子，你只需把那纸朝

火光抛掷，曾经照耀我，也必将照耀你。

邵骞，1997年生于云南，毕业于上海大学，现居上海。曾获第九届光华诗歌奖、第三十四届全国大学生樱花邀请赛诗歌奖、2017邯郸大学生诗歌奖、首届龙子诗歌奖、第四届广西网络文学大赛诗歌奖、第七届“抒雁杯”全国大学生诗歌大赛一等奖、第三届国际诗酒大会校园银奖等。作品散见于《诗刊》《扬子江诗刊》《滇池》《边疆文学》《青春文学》《诗林》《延河》等杂志，有作品收录于《边疆》丛刊等。

双喜的诗

无法之法

双喜
不会在三十七岁死亡
不会掷骰子
不会在荒原种树
不会把诗藏于屉中
……
无法完成
一首诗
因了则未了
或美则美矣

恰巧你用手指着月亮
我看向你的双眸
于是知道 那是不能满的月
还有太多词语彼此陌路
我不是天才

扫地僧与诺亚方舟也完美错过。

双喜，本名马晓萱，生于 1996 年 9 月 28 日，女，汉族，甘肃张掖人。现就读于上海师范大学。

刘采政的诗

对饮乡愁

我不说
一杯酒是摇晃的江河
不说它载着命
盛装酸甜苦辣的日子

一杯酒
是一颗谷物的来世今生
是黄土地上，父辈们沉甸甸弯下的腰身
被汗水碾压
在柴火里，涅槃后的
沉静

每次倒满酒杯
明晃晃的月亮就来敲窗
乡愁就溢出来
乡音近了

就会有
一座村庄，几间茅屋，一条河流，几声犬吠
来到桌前
与我对饮

刘采政，女，汉族，生于 2000 年 9 月，籍贯山东潍坊昌乐，作品散见于《山东文学》等文学期刊和诗歌选本。

吴丝丝的诗

沼　泽

天尽头沉睡着一大片墨绿色的沼泽
它曾用黑色的巨齿吞噬大地
欲望乐此不疲地加入它
黄土寸草不生
绿色淹没了白天与黑夜
掌管色彩的天使路过这里
厌弃那些一成不变的颜色
剪下琥珀做的半月形指甲
将五光十色还给了这片土地
沼泽脱下伪装的皮囊
将乌黑的身体沉入地底
绿色的双眼邪魅一笑
便满怀期待地睡下
即便它不曾望见
欲望之火袅袅的青烟

正从日出的海面缓缓飘来

第三只眼睛

眉心种下一颗眼睛
用宇宙的目光
观望光年之外
拨开黑暗的长发
露出一颗发着墨蓝光亮的星球
它拖着一圈冗长的光晕
无声无息地自转
金光神庙、银光神殿
赤橙黄绿青蓝紫各种神的殿堂
在幽蓝微光外一点点显现
眼神越近就越看不清真相
只知道所有最美的色彩、华丽的建筑
在这面前都黯然失色
一切语言都无法述说
这片种在天宇深处最无解的秘密

吴丝丝，女，苗族，曾用名丝丝。中国少数民族作家协会会员，中国散文学会会员，中国校园文学委员会理事，上海作家协会会员，鲁迅文学院学员。出版《柠檬草的滋味》《橘子香水》《来生我们一起走》等多部文学作品。

夏雨的诗

谷雨诗会

今天，我忽略形象美
也忽略其他人的美
只想和诗友们论一论诗的美

诗是乡土的诗
因为，土地
是好东西

它能种出稻谷
长出那粮食来
是人们喜爱的

夏雨，女，80后，本名夏菊英，现居江西永修，自由撰稿人。江西省作家协会会员，中国乡土诗人协会会员，中国当代青少年作家协会会员。著有励志书籍《生命是一场马拉松》，作品入选《新世纪江西女作家作品选》《星星诗人档案》《中国新诗日历》以及《江西诗歌年选》等选本。

谢健健的诗

对着镜子做发声练习

再也找不到和我如此一致的人了
除非对着镜子做发声练习
——这么想，镜面大的阴影便笼罩着我

那个躲在镜子里的人
只和我对好口型，不出声
试图以长久无声，胜过雄辩术

镜子里有如此多的我
镜子里有如此多的沉默
它们拼接成阵图，构成灵魂的震荡：

再也找不到多余的话了
面对寂静我满心欢喜——
语言停止的时候，诗开始了

谢健健，男，汉族，1997 年 3 月生于浙江温州，现居浙江温州。浙江省作家协会会员。作品见于《诗刊》《江南诗》《散文诗》《浙江诗人》《星河》等。曾获野草文学奖、文心雕龙奖、东江青年诗人奖等。

叶申仕的诗

密　林

——在深潭的下游，洗脸饮水
想起那些枝枯叶黄的时辰
想起与六七友人，或者八九个
在浙南深山的密林中轻声交谈
身着红装的女性友人
回头的那一眼，隐约加深了秋天的颜色

从溪涧带回书房的小石子
压住翻动的旧纸张，我反复摩挲
试图搓开它的沉默，让它说出体内
秋水和鸟鸣，繁花和野草

一个无所事事的下午

看太阳的脚步，缓慢地

从我的茶杯里爬出
走出院子，又蹚过小溪
向一座山上爬去
带走茶水、鱼群以及庄稼的温度
看三月的乌云
那在别处受了委屈的脏孩子
飞奔到我的面前哭泣
看岸边的孩子，在孩子的泪水中奔跑
手里的红皮球掉落黄昏的溪里
两个夕阳，在上涨的时间里随波逐流

我将目光收回。看我的孩子
吮吸手指，在一场春雨中
酣睡

叶申仕，男，1986年出生，汉族，居浙江温州。小说、诗歌作品散见于《诗刊》《星星》《诗选刊》《中国校园文学》《散文诗世界》《江南诗》《作家天地》《中华文学》《浙江诗人》等刊物。有诗文入选文学选本。

张诗青的诗

曼陀罗

它用喜欢的方式在时光深处
开了花，洁白色的
招呼风过来
吹起一个又一个小喇叭
然后，又伸出手
一个又一个抚平
如同少女的白色连衣裙
实在太漂亮了，太让人眷恋了
招呼风过来
递来一个又一个小箱子
每个箱子仅装一件
然后，又伸出手
一个又一个上锁

张诗青，男，本名张本刚，汉族，1987 年 6 月生。山东省作家协会会员。作品散见于《诗刊》《星星》《扬子江诗刊》《诗潮》《绿风》《滇池》《牡丹》《诗林》《散文诗》等文学期刊。曾获第十届万松浦文学新人奖、徐霞客文学奖佳作奖等。作品入选《江苏新诗年选》《山东诗歌年鉴》《扬子江二十年诗选》等选本。著有诗集《绿松石》。

张有奎的诗

生　命

生命从不荒芜
童年的小路
已长满草儿
自然
让生命绽放花朵

张有奎，男，字书之，福建人，汉族，1984年10月生。中国硬笔书法协会会员，上海中华书画协会会员。诗歌作品入选《站在春天的屋顶》和《2018年度优秀诗歌选》。现居福建漳州。

左清的诗

月　光

明净仿佛空空如也，
眼中到处是一片皎洁。
内心似一染无尘，
任月色裁做成新衣。

夜宿江畔

一夜的风细细，
开窗似一眼开春的细流。
眼见窗外的夜沉沉，
月渐弯成了银钩。

春日周末和友人游永新高士名山

春色宜人去访高士，
一路人上又有一路人还。
争买香钱来问名利，
一路溪水遣送下了山。

左清，1982年生，男，汉族，江西永新人，武汉大学珞珈诗派成员，出版个人诗集《左清诗集》。有诗入选《中国新诗排行榜》。曾在《江西诗歌》《诗江西》《扬子晚报》《江西手机报》等报刊发表作品。

秦厌谷的诗

独　语

落进西山的光一死
海上涌出千万张
母亲的脸，梦里的无常
如果有一颗心听话
哪怕尽此夜
波涛也虚假
生在满是心愿的海岸
尝不到烂椰子的甜馊味
闻不到苍松如果醉了
水旱分离
我们身上交叉着道路
塌陷，又永不停止地飞
垄断事故的所有权
一切平静以后
谁还能听我说话

只有峭立的悬崖
可能也不会

秦厌谷，汉族，生于1995年2月1日，毕业于南京师范大学文学院，现居南京。作品散见于《杂文报》《青春文学》《青年诗歌年鉴》等刊物与选本。

念心的诗

一切我所有的

把所有的悲喜，揉进微云
在阴雨连绵的雨季，等一盏晴空
七月在等待中，融化
眸光流淌而过，你绚烂的夏花
蒸腾的心，朱颜委顿后的夜
一腔绿肥红瘦的情意
听不完一场寂静无声的闲愁
时间熬不过无可依归的心
天光点燃窗子
疲惫的思绪，蓦然躺下
一切我所有的——季节与影子

有种情绪

所有的悲喜，不是悲喜

雨天的风，不是风
带着难以言说的触感，手心扩散
心与心的距离，保持一米之外
一片柔软的田园，盛开鲜花的荒原
你可曾涉足，留下美丽足迹
有种情绪，夹杂冰凉的温热
你可曾知，可曾尝试

念心，女，1996 年 6 月生于安徽安庆，毕业于山东师范大学汉语言文学专业。

陈澳云的诗

吞星星的孩子

——致来自星星的孩子（自闭症儿童）

我是一朵云
在月亮背后拼着奇特的图案
先拼一张网
再拼一张床

网住所有吞星星的孩子
编织给它们一个梦
梦里吐出滚烫星河
喊着妈妈

陈澳云，女，1999 年 12 月 20 日出生，新华学院文学院学生。

邓诗涵的诗

清　月

番石榴树上
挂着皎皎上弦
缱绻恨晚
我在月下辗转
你在月的另一端
将无声的思念赠予我
被星光偷渡
念牛郎织女隔着银河
又觉夜里踩一缕星光
搅乱你一场清梦
也甚是美妙

邓诗涵，女，汉族，2000年7月出生，籍贯湖南长沙，现为常熟理工学院本科在读学生。

卢佳妮的诗

笑容之花

白天的我
微笑，大笑，笑到头晕
夜晚的我
抽泣，大哭，哭到发晕
想是
深夜用泪珠浇灌脸庞
在日光拂面之时
便会开出笑容之花

卢佳妮，女，汉族，1994 年 5 月生人。现居江苏苏州。

李旻的诗

花　海

越过山巅
我陷入缤纷的美梦
灵鹿在花间穿行
花瓣里藏着快乐的秘密
我却不能摘下一朵
只好远远地看着——

呵
这一片灿烂的孤独

凌晨四点

这深邃的黑
只有醒着的人知道
一盏灯，无力照亮这个世界

也许是这个原因
我等的那个人他没来
可能他看不清路，也看不见我

李旻，女，1991 年 10 月生于江西东乡，现居江西抚州。

邵文苑的诗

记录，一杯烈酒

我看见一头狮子，毛发皆是火焰。

北方，天寒地冻的北方，一只绝望的野兽在暗夜里逡巡。我看见一头狮子，它拥有人类的躯干与嶙峋的钩爪，走起路来悄无声息。它的毛发皆是火焰，黑色的火舌如爆裂的影子，所过之处草木成灰。

狮子正在破碎地抒情。它的喉咙创造诡异的音节，每一个音符孤立而碎裂，化作黏腻焦灼的一团火。它正在渴望被我吞食，我内心的饕餮蠢蠢欲动——这是一种诡异的渴望，被我平静地享有。

我把它喝了下去。

威士忌在烧我的胃。寒冷。温暖。晕眩。疼痛。古怪的甜与辛辣。我不是在醉酒，我是在燃烧。

我吐掉身体里残余的一切污秽，像吐出一口白雾飘散在夜空，又像吐出一口黑污的血。然后我毫无保留地燃烧，没错，我在燃烧。我的手因寒冷的空气而麻木，但我的骨头烧灼得滚烫。火焰使我的皮肉发红，神经刺痛，我的骨骼变成黑色，节节寸断，噼啪作响。当我行走时我的步伐迅捷如夜晚的猎豹，当我停下时我又变成一只稀里糊涂的野猫。漆黑的眼睛，在荒原上寻找猎物，在草地里打滚，明亮似血。

我的肉体将会死去，而我的灵魂终将永生。毫无疑问。

邵文苑，笔名林梨，女，汉族，2000 年 9 月生于浙江舟山，现居浙江宁波，南开大学哲学院本科在读。

赵素素的诗

母亲的春天

雨水节气
母亲总是一个人在深夜忙碌着
照看刚刚孕育的种子
不然她睡不踏实
来回穿梭的身影
显得格外消瘦
那流出汗珠的额头上
已经布满了沟壑
残留的雪
也退缩到她的双鬓
早晨是她一天最开心的时光
泥土变得松软了
多像母亲刚刚舒展开的筋骨
一个锄头刨下去
土垄就成了生命的源泉

流着露水的白菜苗
一棵棵迎着母亲微笑
阳光便红了脸蛋
现在除了返青的小麦
田野里又多了一些母亲牵挂的事物

赵素素，女，1993 年生，汉族，山东沂水人，山东省作家协会会员，作品散见于《山东文学》《草堂》等期刊。

刘华的诗

跳房子

我曾看见
听见他们在唱着童谣

我只是远远地看着
如果有一个孩子，叫我过去
我就来到他们之间

没有人喊我，我只是远远地
看着他们在房子上面跳着
在房子上面，一边跳着，一边唱歌

他们现在也不跳了
他们的孩子在跳，如果其中一个孩子叫我
我想，我还会走过去

我跟他们一样，都是孩子
我还在养育一个未长大的孩子

土

这是母亲种的辣椒、豆角和小白菜
这块灰褐色土地被锄头划出一条条笔直的线条
在风中闪动的绿火焰
她究竟是以什么心情播下一颗种子的
我来到这片菜园里，想体会一下
就像跟母亲在交谈一样

刘华，男，1989 年 1 月生，江西莲花人，江西省作家协会会员。著有诗集《恍若星辰，恍若尘埃》。

汪璐的诗

可　待

三月的雨，
踮脚走在我的花园里。
在四月的夜晚，
星辰与你窃窃私语。
路过的小孩，
请你不要折，
待到五月我捎一支燕歌给你，
你再来吧。

汪璐，女，汉族，生于 1997 年 7 月 5 日，浙江杭州人。

廖婷的诗

稻草房

在秋季的傍晚，
我偷溜到了泛着金黄色的田野上，
那个时候我有一点调皮。

我想，想悄悄地偷拿走麦田里所有的稻草，
我要做一个稻草人、建一栋稻草房，
再等一个小伙伴，
那是我所有的美好想象。

后来，我发现
稻草很容易得到，稻草人也不难扎，稻草房我也可以尽力搭好。
可小伙伴一直没有来。
在闲暇日子里，我又做了个小书桌、小板凳、小衣柜……

原来，等待从来都是遥遥无期

廖婷，女，汉族，1998 年 8 月出生，毕业于江西艺术职业学院，现居江西南昌。

孙念的诗

喊　爱

母亲送我到车站已近晌午了
天空还是一副温暖的模样
开车前的间隙，母亲又嘱咐我
“东西都带了没有，一定看好行李
记得到了地方回个电话
别舍不得花钱”
就这样母亲的口吻慢慢融化着胆怯的我
进站的广播响了
我回头喊着“妈”跑进了验票口
暖风吹在我的眼里
而我为我迟到的喊而暗自羞愧

为冬天而作

为冬天写一首诗

想想真是危险的
危险到可以像雪花一样
存在巨大的虚无

你摸不到她了
也看不到了
她的样子才越发地美好

而一种无法填补的白
常常涌上心头
让我想起
昨日那场孕育降雪的过程

人的一生当中
是要经过无数个冬天的
这让我紧张又兴奋

孙念，本名孙利杰，90后，山东临沂人，山东省作家协会会员。作品散见于《天涯》《作品》《诗刊》《星星》《诗歌月刊》等刊物，有诗集《续札柒》《坐在树上的叶子》。

苏隐没的诗

新　年

落满人世的灯笼，是新年的旧疾。
每天经过的小路旁，
绿色的鸟鸣穿过线状的黄昏

再往后，繁复、清澈的时光
潮湿又新鲜

林叶间不可辨识的恍惚
仿佛第一个词

表　达

把所有痕迹抹去，
让不相关联的墨
洇在纸上。

它仿佛在记录：
每一次表述过后，被
藏起的真实。

苏隐没，出生于1984年12月，江西鄱阳人，江西省作家协会会员。有组诗在《诗刊》《草堂》《星火》《作品》《扬子江诗刊》等刊物发表，有诗作入选《青年诗歌年鉴》《中国诗歌·2018年度民刊诗选》等选本。

王宣淇的诗

最好的日子

爱着的日子
在雪里纷纷扬扬
你轻轻推了下我说
“下雪了”

我们半醒着看窗外茫茫

多年以后
你发现

最好的日子就是这样

他们的马都很累

不爱了罢

一个男人的春天是那么短

秋天又太长
他们的马都很累
食物只够自己吃

他们懊恼的样子很衰弱
说不了几句话，就走了
不用费力跟过去

长成青草和流水
微微摇晃

王宣淇，作家、诗人。80 后，现居南京。发表有小说、舞台剧剧本、诗歌若干。

慢慢的诗

清明，乘车回浒坑

一路上
老人们都喜欢坐在门前
晴天喜欢，雨天也喜欢
白天在，夜晚也在
一些熟悉的陌生的鸟
飞过。人和车咻的一声
穿过。还来不及抬起低垂的眼睑
仿佛没发生的事
仍然没有发生
我要去的村子
已空无一人
朱奶奶和李阿姨
去了西边岭，仍然
做邻居
仍然喜欢坐在门前

什么也不看
什么也不想

慢慢，本名张岚，1991 年 12 月生于江西安福。吉安市作家协会会员，作品散见于报刊及网络平台。

王净晶的诗

笑　声

我的笑声很轻，
很多时候只是一个表情。

农妇逗小孩的笑声很大，
是我听到过的最快乐的笑声。

雪

上学的路上，
风儿跟我赛跑，
我的小鼻头和耳朵
都不听我指挥，
因为它们冻得哆哆嗦嗦啦！

回到教室里，

这么多同学，
一下子温暖起来了，
我的小脸蛋也变得红扑扑的。

铃声一响，
我第一个推开教室门：
哇，松树伯伯
您也冻得戴上一顶白帽子了！

王净晶，1993年12月生，曾获第十一届全国大学生文学作品大赛一等奖等奖项，有作品发表于《中国诗歌》《山东文学》《山东诗人》等刊物。

洛渝的诗

自由的仪式

我在梦中呓语
蚂蚁在面前翻山越岭
最终溺死在水中的月亮里
为寻找失去的出路
我从梦中惊醒
被迫证明我的自由
“几经毁灭，几度复兴”
希望余生尽是艳遇

转　圈

人们找不到登上星星的路
于是在群山环绕的空地中转圈
我接近这座山时

看到有星星降落于草木
以为这是流星
还是把它当作一盏灯吧
为自己创造一种更安稳明亮的火焰
让它和星星们分离
悄悄留在这
许多人害怕谈起的空谷

洛渝，女，1998 年 5 月生，江苏靖江人。山东工艺美术学院工业设计专业学生。

陈湘的诗

城市出逃纪实录（组诗节选）

一

从我们的相遇算起，福州的雨
一天也没缺席。这直接

导致了前任租户的多肉不顾展露贪婪
吸收了过多的水分，像一只

翅膀鼓胀的鸽子，血管清晰可见。
我们开始往洗衣机里丢下发霉的秘密

任由下水道发出巨大而痛苦的吞咽声响
——这是我们被围困的第十六天

天黑之后，我们轮流讲起故事
你说只有这样日子才不会像

手中温热的啤酒一样无聊

我倒是没什么所谓，听着你老家南山上

半真半假的狼，其实我早就不胜酒力
体味不出方寸之外的空旷

我们从不谈论关于明天的词语
我们放弃了为对方的身体填充自己的语句

你说诗人本不该被禁锢于此，硬生生
为玻璃门辟出一条供喘息的缝隙

多数时你总先于我入睡
自顾自地发出酣梦的信号

那一天我毫无睡意，扯着你的袖子邀请你去看星星
你没有醒，我却扯出了一地的月光

二

夜幕将至，而我的灵魂未归
今早启程时，他误食桑葚
故将天边染红彼时我依旧酣睡
梦着一个经久不衰的梦

我的灵魂完全剥离了我，飞跃城市上空
他目睹了我所有的一切——
出生，入死，怅然若失

我暂停耳边气流踩踏出西西里的传说

——这被催熟的午后阳光

我的灵魂升空，我知道：
“他厌倦了沉重的肉体，
也厌倦了永远快乐的诗人”

这一天，夜幕将至
而我的灵魂久去未归

陈湘，女，福建泉州人，1999 年 4 月生，现为某高校汉语言文学专业在读生，曾获第九届校园双十佳诗歌奖、第一届福州青年诗歌节主奖等。有诗作收录于《中国大学生诗歌年选》。

刘佳欣的诗

夕　影

穿透我们，并用火的骨骼陈列温柔的
金黄贴于墙体，披上在黑夜中熟知的不忍
以梦起义，引领沉睡的团队入座
观赏向西坠落的痕迹

反叛者不曾怀疑，反叛与顺从之间
隐喻的迷途无法跨越
时间的失误让等候成为断片
而山与海的距离，平分疑惑的始末

瞳孔缩减尺度，希望被束成光，
开阖裁决分寸
最长的一段阵痛，侧过身子拉扯知觉
始于久远的刑期，铁链敲击尾声

交予宇宙平衡日夜的愚钝，把苦痛置换
以分割黑白有序的错乱

刘佳欣，女，1994 年 5 月生，绍兴文理学院学生。

王敏的诗

灯火与星

简陋的俗世灯火
羡慕天上星的雅致
孤冷的天上星
渴盼俗世灯火的温暖
当初阳升起的时候
它们都渐渐沉睡
于是，在梦里
它们成了彼此

王敏，女，1997年8月16日生于安徽合肥，毕业于安徽农业大学。

第三诗人的诗

海　浪

我澎湃的想念一如无人倾听的海浪声
单纯而灰暗
醒来的每天是无法拒绝的重复

屏住呼吸进入黄昏的海浪
看不到自己的倒影
用尽了毕生的孤独刻画最后的温度
像怀念过的你的指尖
像挣脱过后的温暖拥抱

我在等待的
也许就是这样一个黄昏
拉上窗帘
关上房间的灯
用海浪的和声去挥手告别
从头开始

我澎湃的想念淹没在无人倾听的海浪里
缄默而懦弱
我懦弱的回忆全是漫不经心的骄傲往事
骄傲地在茫然无措的失去里
习惯这海浪声

第三诗人，本名李珂，山东人，1992 年 6 月生。本硕就读于中国海洋大学，现为上海交通大学博士研究生。

赵慧的诗

想　象

想象是种超能力
它如同罂粟可以麻醉神经
在我即将离开的时候
突然学会了想象

可是等我慢慢地闭上双眼
仿佛看见
来自想象的嘲笑漫骂质问
就像一颗流星
划过我生命的尽头
这样也好
让我对消失的惧怕少了些

赵慧，1996 年 10 月生。

尤卉的诗

这是一个有趣的冬天

又是一个冷冷的冬
却多了一个暖暖的你
雪花不再严寒
开始在窗外旋转
雨水不再冰凉
立志成为冬的舞娘
北风不再刺骨
那是天空在歌唱
这是一个有趣的冬天
一样的冰冷
不一样的温暖

尤卉，本名马雨航，出生于1997年3月，安徽安庆人，毕业于安徽师范大学。现居江苏南京。

灼灼其华的诗

告　白

请你允许我
开始怀念你在冬季
即便不曾白雪皑皑
即便偶尔沉睡、迷离

像记忆中我认清你的样子
这里的黄昏也好看
只不舍得几朵美丽远走外域
像文字跳脱札记
声音在诗句中远去

请你允许我
当火炉以颤动的残笔
守在寒凛风口
描摹出你身影绰约
那时我们定情

你的坚强、欢喜从来会心

请你允许我
静候着不必努力
一整个春季中
五月的新绿
此刻我们相遇

灼灼其华，本名邹丽圆，2001 年 8 月出生，江西吉安新干人。

梦然的诗

小　满

喊一声：小满
青春又萌动了一下
自然界小小的乳房
鼓胀风中

一条河流爱恋着
另一条河流。
在它清亮的眸子里，我看见
一座完整的天空。

清　明

四月的雨，淋湿了
羁旅。
也打湿了，故园的墓碑。

此刻，远方
山林岑寂，草木抽泣
清风，拂过湿漉漉的山冈

天空是只巨型的器皿
里面盛满人间的海水

梦然，本名王爱梅，80后，现居安徽池州。

小盐的诗

与雪书

昨夜你来过
短短停留后不知去向
大半个江山都是你的
我在远处看你，穿世间最薄
最干净的羽衣

灯火里的你
旧檐上，欲言又止的你
把杭州说成临安
把南京说成金陵，把合肥说成庐阳
把无休的白说成姑苏城的钟声

却不肯在我的院落认真地飘过

小盐，本名孔晓岩，80 后，安徽人。

董庆月的诗

甘巴拉雷达站

六十四级阶梯，爱情一样
时而沉重，时而轻盈，时而呼吸急促
一面国旗和雷达天线
在海拔 5374 米的山顶固守自己的江山
一匹撒泼奔跑的风，一刻不停地
携带的一千只一万只猛虎横空飞来
一刻不停地变换阵型、攻击姿态

登上雷达阵地，两名站岗的哨兵
像是特聘的保镖
他们的迷彩服为何染得这么湛蓝
白云都跑去，以饱满及
环抱的形式表达兴奋。
群山嫉妒，酝酿一场风，强迫白云
擦拭它浑黄光亮的额头

谁会这样澄澈，一路欢歌
把血与汗与泪水与沙土藏进记忆
把雷达拆分成块用肩膀扛上山顶；
大风中露宿山坡，谁被子的四个角压着石头；
为固定天线，20 厘米的三角钢钉入地面
生生砸成麻花状……
还有我没见过的紫外线烙下的红
冻僵的红，灿烂的红，历尽沧桑的红

这样的夏天，让人很容易想起
很久以前的事情，包括一群人的心事和命运
沉下心来吧！那些缺氧、头疼
晕眩和淤青发紫的膝盖都不重要
仅仅是一位士兵站哨、跨立着歌唱
或者一支队伍对着一面旗帜举起右拳
都会是医治伤病最好的药方

董庆月，笔名繁钦、西狼，2000 年出生于山东济宁，作品曾发表在《诗刊》《星星》《绿风》《安徽文学》《西部》《四川文学》《橄榄绿》《解放军报》等报刊，已出版诗集《西去列车的窗口》《骆驼草》等。

月剑的诗

劳动节

直到停下来，这未曾割舍过的闪耀
直到端起许多只美丽的瓷盘子
五月里蓝色的炽焰
构成我们星球某种神奇的骨架
被黑色的巨型瞳窥视下的文明
问起我们的辉煌
应该说没有
问起我们被一只松鼠眺望过的糕点
我们说在岛上
问起我们封好的仓库和书房
密码是望远镜
马路上除了汽车和甲壳虫
从土地里冉冉升起的
我们只有塔吊和机械手

别　离

挥手从兹去，一无所有
虚掩，凌晨所有的微光
你的裙缎有种沉静
像背负一缕风烟的鱼，滑翔
火车，所有的迷途指向你
灰色的地平线
冷风，这欲留还住的泪
这愁肠，算人间知己
谁，以一场背影
拖走全部的心

月剑，本名曹彦林，湖南永兴人。80后先锋派诗人、作家。作品发表于《延河》《辽河》《鸭绿江》等刊物，并有作品入选《汉诗三百首》《中国诗人生日大典》等选本。

鱼小玄的诗

一篮枇杷的故乡

枇杷黄了之后，她终于做好了新鞋
两层旧棉布，穿针走线，鞋面上
雨水斜落，落入深宅小弄堂。

故乡来信，信中枇杷又黄。
她丰孕的身子，簪子盘了发
码头唤船，入小河过大江。

故乡的水路，走几天才走得完
“阿娘，女儿回家来了”
“阿娘，今岁枇杷又熟又黄”

她的阿娘，在灶前蒸了糯米饭
用黄泥腌鸭蛋，箬竹叶又翠又长
阿娘给她编长发，依旧唤她小囡儿。

折了一树枇杷的新嫁娘，一根辫子
梳得岁月回返。她陪在阿娘身边

用篮子盛起了小小枇杷。

她剥开最甜的枇杷，不知为什么，
心中忽然，惦起了她的郎。

茶　娘

小小的茶村，披起了积雨的云裳，
那云裳又薄又纱，系在层层梯田的
又纤又细的半山腰上。

背竹篓归家的茶娘，抱起大木盆
去井中盛月亮。大竹匾中满是春芽，
她脱下衣裳，舀水浇洗长发。

她的长发那么长，她的身子浸入
昨夜的月光，月光些许生凉，
她忍不住将采茶歌儿唱：

“采茶哟，我的郎，你走到了哪。”
“晒茶哟，我的郎，你可曾把我想。”
“炒茶哟，我的郎，你何时来归返。”
“泡茶哟，我的郎，我只想你尝一尝。”

竹鸡也唱，那和声有一搭没一搭。
斑鸠也唱，那和声绕过了她家屋梁。
杜鹃也唱，那和声不知在多少心头婉转。

小溪春深处，有个走在归乡路上的人，
正循着这支茶歌，走向他茶村中
将端出一杯新茶的小娇娘。

揉茶的老妇

月下揉茶的老妇人，在吊脚楼中
不等夜雾涌来，就抱了柴，去火塘
生火，搬壶，煮起了满壶云烟。

云烟沸得极慢，她弯驼背脊
银饰件撞起声响。茶山又高又寒
她推磨，将夜霜洒入碾盘。

运茶的马队发出嘶鸣——
“咴……咴呜……”揉茶的手势
也加快了。她又揉，又捻，将自己
压成一块平薄的茶饼。

云烟终于滚沸，晨曙渐次，将茶汤
染了赤色。一位女子的脸庞，倒映在
茶中。她不曾老去，也并不曾年轻。

鱼小玄，本名赖韵扬，1989 年生于江西赣州。作品见于《人民文学》《诗刊》《诗探索》《创世纪》《诗选刊》《散文诗》《作品》《儿童文学》《少年文艺》等各类刊物，在多家报刊开设专栏，作品入选多种年度最佳文学选本，举办过多场个人艺术展。曾获北京大学未名高校诗歌奖、中国红高粱诗歌奖等。诗歌被译为英、法、葡、日、韩等语种。现居广州。

第四辑

西北地区青年诗人

李东的诗

洱海之夜

陌生人以陌生的方式闯入
把一段孤独的海岸线据为己有
被雨水狠狠打湿
洱海之月，跌进深不见底的水里

风自下关而来，穿过密集雨水
将一场奇妙的相遇再次推迟

黑夜里的事物，只能交给记忆
或者想象。而此刻，所有的画面
深陷于一些似曾相识的剧情

洱海之夜，我拥有漆黑的辽阔
和潮湿的孤独。零星灯火
在水面波动，像黑夜虚晃的出口

时间之外

弥漫的雾霭突然拐弯
时间戛然而止
接连不断的梦境
如一盏盏点燃憧憬的灯

映穿生活虚伪的面具
某些细节历历在目
乡村炊烟徐徐散开
化作天空的底色

为了寻找鲜花的方向
思想变成一只断线的风筝
坠落在迷雾的都市
天空便成了永恒的守望

而未盛开就凋零的花
在时间之外
留下无尽惆怅

李东，男，汉族，1988 年 8 月生于陕西洋县，现居西安，任《延河》下半月刊副主编。中国诗歌学会会员，陕西省作家协会会员，陕西省青联委员。作品发表于《中国作家》《诗刊》《文艺报》《星星》等多家报刊。著有诗集《时间迷津》、文化访谈录《思想之魅》。鲁迅文学院陕西中青年作家高研班学员，西北大学作家班学员，陕西师范大学长安笔会中心驻会作家。曾获第三届中国青年诗人新锐奖。

包文平的诗

山　庙

山庙，没有神
神都安居在山坳处农人的家里
他们邀我进了堂屋，用裂开了花的热土豆
招呼我——慈悲得仿若神灵

窄小、墙壁上贴满花花绿绿的神祇画像的小屋里
老人盘腿坐在热炕上，孙子们剥土豆给他吃
我在这缭绕着人间烟火味的小小屋舍见到的场景
与山神庙门框上彩绘的教义图案
没有什么两样

玉的命运

一块玉从山中采出
雕刻成一尊菩萨

供在案几上，仙雾缭绕
接收人间的香火
和跪拜

一块玉，被运到祖国的另一端
抛光打磨，剔除身体多余的部分
当它以玉坠的身份
从一个女人光滑的脖子上
滑落，成为尘埃
再也回不到原来的样子

还有一块玉
深藏山中，被粗粝的石头
揣在怀里
在黑暗中度过了自己
不为人知的一生
简单而幸福

包文平，男，汉族，1987年7月生。甘肃省作家协会会员。在《诗刊》《人民文学》《星星》《作品》《诗歌月刊》《中国诗歌》《飞天》《绿风》《诗潮》《诗林》《北方文学》《山东文学》等刊物发表诗作，诗歌入选《青年诗歌年鉴》《年度好诗三百首》《中国年度诗歌》等多种选本。获第四届《人民文学》诗歌新人奖、甘肃黄河文学奖等，多次入围华文青年诗人奖。出版诗集《祈祷辞》。

蔡淼的诗

博格达

仰望，高空凝固的冰，摇响了生命的律动
大地的胎盘
借助冰焰，见证了泯灭和重生的灯盏
博格达，正是你高贵的灵魂
让慈悲与山水相随
滋养了半腰的天池
也传授了诸神给予人间的智慧
孕育了新疆人的豪迈与乐观
低头，脚下的曙光
让万物的密语，唤醒了生命之光
那是属于你的黄金时代，成为梦境
永远照耀在新疆

旁　观

一些话还没有说出口
一些信还未抵达

爆裂的雪就下达
死亡的命令

一对鸟儿
终究没能熬过这个冬天
“即使是死亡，也不能让爱分离。”

蔡淼，男，汉族。1993 年 5 月生于陕西安康。中国楹联学会会员，新疆作家协会会员，新疆楹联家协会会员。诗歌作品见于《诗刊》《星星》《诗选刊》《绿风诗刊》《延河》《西部》《芒种》《散文诗》《回族文学》等期刊，入选多种年度选本。现为自由撰稿人，居住在新疆喀什市。

赤心木的诗

承包一间 KTV

喝醉酒的星星
就像喝醉酒的人儿

总是把持不住自己的脚步
在月下，胡乱地迈步

我把捡拾来的夜风
指给无辜的麦克风

原本以为它会唱响最动听的声音
谁料想，它唱响的是人生五味

悄悄地把多余的夜风
挡在红木门外

怕，只怕低沉的旋律
吵醒已经休眠的疼痛

赤心木，本名朱喜利。1990 年 10 月生于宁夏固原。

代鹏飞的诗

故乡的月

一轮明月从东山飞来
掉进西边的溪流
水波摇曳着水草
有鱼儿游来游去

溪水和石头重叠
奏起黄莺的鸣响

我在溪边
寻找你的影子

我在门前
等待你的回应

自家门前
屋顶上的瓦松
屋檐下的碧苔
尽是月光

而月光里
却找不到故乡的月

代鹏飞，1987 出生于蓝田县汤峪镇。中国作家协会会员，中华诗词学会会员，陕西省作家协会会员，陕西省诗词学会理事，陕西省秦风诗词学会副会长。作品散见于《中华诗词》《诗选刊》《延河》等刊。著有诗词集《莫韵唱晚》《鬲溪梅令》。

风昀的诗

寄去英国的情诗

风昀
豢养在星河深心
静默伫光
微笑泛光的涟漪

雪浪纸绷一枝
墨
托竹骨茶气梅如斯人

吾一笺走山河踉跄
常深夏已及
犹问海棠可曾著花

如他日真赴你处，绝不作诗
海水太甜，诗的芽头都溺死在里面

风昀，本名周静轩，女，汉族，1998 年 11 月 11 日生于内蒙古呼和浩特，现就读于南开大学汉语言文学专业。

何军雄的诗

风挨着风

一些事物从风中走过
风挨着风
默不作声地吹着
风能让思想发芽
让笔杆长出枝条

风挨着风
就像是失散多年的兄弟
拥抱在一起

寺院的钟声

寺院的钟声在敲响
沉睡的孩子
梦见木鱼的敲打声

禅房打坐的人
比夜还要深

探出半个脑袋的蚂蚁
正好迎上一段佛经

世间最静的
是寺院的钟声
令万物皆有垂首之心

何军雄，甘肃会宁人，甘肃省作家协会会员。作品散见于《诗刊》《中国诗歌》《星星》《诗潮》《诗林》《延河》《飞天》《西部》《青春》《奔流》《工人日报》等报刊。出版诗集《雪地上的书生》《风吹故乡》《春日辞》。

高权的诗

与我同向的风

于上千种风中，有哪一支风
它只与我同向？
它只为我一个人吹着
从我的近处，吹到她的远方
它一年一年地吹着
把三月的落英缤纷
吹成十二月的白雪苍茫

在千万种风中，唯有这一支风
它只为我吹着
像吹着一棵飘移的树一样
它只为一个人吹着
像吹着一条没有归宿的河一样
不是所有的种子，都渴望结为果实
不是所有的河流，都梦想流入海洋

若鱼隐于山林

让一封信流落民间，查无此址
让漂流瓶空空，拾获之人
无可怀想之事
让细水长流，流回山涧
让山中千树，不散烟云
让云与云的相遇，不只为雨雪
让树与树的交谈，不走漏风声
让古老的石头，不着一字
让初开的花朵，无关乎爱情
让花开着开着，种花人已老去
让蝴蝶，无可造访之梦境

高权，1986年生，陕西延川人。陕西省作家协会会员。自印有诗集《终年不遇》。现为《延安文学》编辑。

诸子一家的诗

孤独的街灯

窗外的月撒下一缕清辉
不去理睬暗弱的街灯
竟自消融着散落一地的白雪

孤独的街灯修饰着白雪星光熠熠的外衣
上赶着与明月的光辉呼应

我的身体浸入白雪冰冷的心，便不觉孤单
只把入世的心，留给知心的看客

诸子一家，本名高洋斌，陕西武功人，1990 年 5 月出生，秦韵诗社社长。文学作品散见于《延河》《星星》《中国诗歌》《中华诗词》《中华辞赋》《人民日报》（海外版）等刊物及选本。

顾念的诗

小寒词：活着或者其他

我开始想要改变我的贫寒了，就像是试探
那些忐忑的心动。现在，寒冷从衣领钻进去
姑娘，你说，我能就这样拥着你取暖吗
这个季节，你的手冰着，一直都不想出门啊
阳光零散地洒落一地，你和我都感觉不到温暖

我们都是这人世间挣扎的小人儿。雪在远方
黑夜越来越轻。山高水长，需要走很远的路
而我，作为羸弱的书生，身体里囤积了三十多年的雪
山河也好，草木也好，姑娘，关于这些
羽绒服裹不满我苍冷的目光。宇宙辽阔
我们都不能给对方更多的温暖

那就这样吧！寄希望于明天存在的方向
被喝令着说出幸福感。执念和头盖骨一样坚硬
需要一把火，在温暖目光的同时，照亮黑夜。那就这

样吧
我们暂且先各自安居在渭水的两岸，许多黑色的水鸟
在夜里扑打着素色的冰花。我们都在和时光豪赌
在和自己较劲。已经这么冷了，还没有一场像样的雪
来过

顾念，男，汉族，本名汪浩，出生于1981年4月，陕西西安人。陕西省青年文学协会会员。有作品发表于《诗刊》《延河》（下半月）、《陕西诗歌》《中华山诗刊》《长江诗歌》等报刊。2019年获南方诗歌论坛一等奖、湖北诗歌大赛二等奖。

韩艳蓉的诗

情　战

——将军令

女儿，将军要出征
女儿，将军有令
女儿，将军要战马千匹，战车百乘，战鼓一面
你的嫁妆，已入将军府库

你道我只肯做女红
却不知我针针见血
那是我的战场，我的领地
如你沙场飞剑，杀敌三千
你见我赏桃吃春
却不见我青丝一把
编做你战袍花穗
和归巢的图纸

夫人，将军不曾归

夫人，将军有令
夫人，将军有修书
战马上的将士
递我一封
休妻书
再递给我一封
请托书
杏目桃面的女子
粉面桃目的孩子
跟着我，同进将军府

醉酒起舞
从此，再无将军令

韩艳蓉，女，撒拉族，1985 年 5 月生，青海省作家协会会员，现居青海省西宁市。

何白水的诗

古城雕刻

拴马桩。拴不住走马的时光
猴子抱玉桃，独守庭院几千年
仍逃不出，掌纹奔腾的曲线

青石板。早已学会了顺从
它伏于低处
任人唾弃和践踏，变得光滑细腻，粗中带软

绣楼还在。白雪积木，青石吠日
雕栏玉砌锁不住红墙里的粉黛朱颜
穿针走线，也缝补不了旧时衣衫

锈蚀的门环。早已无人叩响
旧门板，开一半，关一半
悲欢离合，不过抬腿间

人活一世。守一颗心
雕一座城，关一扇门

她说——这就够了！

魔法行李箱

三十岁时，他给自己
定制了一个魔法行李箱
这些年，爱过的人越来越多
身体里的疼痛也越来越多

他将那些消逝的事物
一一打包
以此告诉自己
不至于一无所有

有时，他不得不忍痛
将那些偏重的眼泪
扔掉
有时他会收集更多的光
好让另一个自己，替夜晚活着

他拉着行李箱
向时光深处，漫步
有些人注定会相遇
有些虚设的场景，终究无法抵达

他不知道路的尽头在哪里
他也不知道，谁会打听他的消息

魔法行李箱
是他留给时间的墓志铭
身份证、手机号、朋友圈……
写满他风雨蹉跎的一生

何白水，本名何双，男，汉族，1988年5月生于陕西白河，现居陕西西安。陕西省作家协会会员，陕西省散文学会会员。诗文散见于《星星》《延河》《海燕》《中国诗歌》《延安文学》等刊，并入选多个年度选本。曾获首批“陕西青年文学之星”荣誉称号，为第三届中国青年诗人奖入围诗人。

顾晶晶的诗

在角落

后来，再也没有去过小城
那时冬夜，黑了一层，浓郁了几分
匆匆奔向某处点亮灯光的角落
搭车前往，一屋子的欢声笑语，寂寥早已藏匿
某些时候地上的光影也是特别的
这里度过的夜晚，并非一次普通的低头。
只是后来再也没有去过小城
你说爱都是对的
还说爱情没有界限
只是爱情曾经来过
月亮还未落下，一切将在路上

顾晶晶，出生于1990年3月，甘肃天祝人。作品散见于《飞天》《散文诗》等刊物，大学时期著有诗集《五种颜色的春天》。

柯荣的诗

告　别

青空无云，像一枚镜子
照出一个人内心的苍凉
荒诞以及空旷
我对着远山，树林
幻想万马飞起的盛况

秋天到了，万物互相告别
我也在告别
与眼前越来越近的天
与一坡越来越鲜的花
与一树越来越熟的叶
与脚下赶集的小虫子
与我内心
万马飞起时的苍凉
荒诞以及空旷
我向它们告别

逆着风来风去的方向

柯荣，男，汉族，1993年10月生于陕西省平利县八仙镇。陕西省作家协会会员。现服役于武警某部队。2013年末开始诗歌创作，作品先后发表于《解放军报》《人民武警报》《诗选刊》《延河》《西安晚报》《华商报》《安康日报》等报刊。著有个人诗文集《相知无远近》及《八仙三诗友》(合著)。

马越的诗

一个女人的爱情观

被马蹄声划破的黑夜
流进大把的暖光
她睡眼惺忪，稍作整理
洗净刻满细碎纹络的双手
那是大字不识的岁月
曾朴实勤劳地游走
名叫“生活”的
山川河流

酥油香在指尖打转
拥有辽阔天地的男人
嘴里尚存的糌粑
带有她的体香和手温

原来爱情可以不必学会写字
也不必有词语、华丽的句子

更可以不必宣誓

冬 日

风吹过的城市
和泪洒过的街道
同样使这个季节难堪

掉落最后一枚果实的柿子树
已完成使命
止不住的哀伤和道不完的离别
早就被鸟轻啄

总会有遗忘的时候
也总会有不再想起的时候

马越，女，回族，1995 年出生于青海。毕业于陕西师范大学。青海省作家协会会员。有散文、诗歌、小说发表。现供职教育系统。

裴斐的诗

你本繁星

当你谈起星月，
不必要跋山涉水的长诗。
直穿过时光里面的山南水北，
在黄昏里寄一纸梦给我，
载满宇宙的浩瀚与相思的欢喜，
你是繁星本身。

且举目舒眉，在晨曦中睁眼。
我的灵魂仍带着些露水，
远远地，凝成
在天空飘来飘去的影子，
踏上暮色的晚霞，
送去往事的遗书。

落日的余情未了，
独来独往，却也自由。

裴斐，女，汉族，2001年12月11日生。现就读于西北师范大学外国语学院，北海市作家协会会员。有诗文散见于《牡丹》《北方文学》《北海日报》和《北海晚报》。

其米卓嘎的诗

香　炉

我愿用香炉的诱惑
囚禁你的灵魂
让清雅的香粉弥散
我混浊许久的皮肉
还脑颅一个不悲伤的
境地

幽兰的桑烟是佛的气息
我却误认成你的脚步
静心聆听的失望
迷惑了春季的萌芽
留下驱不散的雪花

香炉在桑烟中隐退
牺牲的本性遵循信仰的
戒律

在一裂一痕的执着中
嗤笑我的执念
掩盖你的背影

其米卓嘎，藏族，女，1983 年出生，2007 年毕业于北京师范大学文学院。现居拉萨。所作散文、诗歌见于《西藏文学》《西藏日报》《古魏文学》《大风诗刊》《中国诗歌年选》《海外文摘》《湖南教育》。

马映的诗

绿　豆

日子好起来
祖母还是喜欢种绿豆
掸起豆荚外侧的小毛虫也是温柔的
在极贫苦的年代
绿豆亲切地安慰过她四个幼子的胃
一口编织筐在七八月份旅居祖母窗台下
她每下一次田
就精准地收割一次暮色。
机器？祖母是不屑于使用的
她要她的绿豆由最好的太阳光启发
自愿破壳。
午间小睡，小辈们常常听到豆荚们依次觉醒、炸裂
把膛内的小豆子骇出很远
此刻，祖母总摇着小扇
似笑非笑，窗外夏日正一点儿一点儿地清脆地爆炸

她对这由她一手安排的爆炸很满意

马映，1992年2月生，陕西合阳人。诗作散见于《飞天》《延河》《中国诗歌》《新世纪诗选》《青年诗歌年鉴》《中国诗歌排行榜》等刊物和选本。曾获第二届淬剑诗歌奖，当选第二届全球华语大学生短诗大赛新诗类年度诗人。

白娇的诗

修炼成棉花

我是一颗弹簧
把一切力量回弹
恐惧、谩骂、愤怒……
次数多了
我发生弹性形变，弹力越来越小
一天清晨，我难以动弹
痛定思痛
我决定修炼成一团棉花
飞升之时
我不再回弹
恐惧、谩骂、愤怒……
都在我的柔软中败下阵，夹膝改道
我成了天空中一片绵云
在蓝天的抚摸下，快意飘翔

白娇，生于1992年8月。《无忧诗刊》编辑部副主任，白娇创意写作部落创始人，遵义市红花岗区作家协会会员。有作品入选《青年诗歌年鉴》等。

王晓寒的诗

冬日怀想

当我想安静的时候
就会记起——
青海湖边的牦牛
西塘古镇里的小桥
司马台长城上的清风

而后我会平稳坐下
让夜莺飞出我郁结的心
去往那些，怀有温度的土地

祁连的云

此刻，我在天津的一角
想念祁连的云
浓密，慵懒的云

拉扯着寂静的天
而我，是被放逐城市
不再嘶鸣的野马

王晓寒，女，回族，1994 年 1 月生，宁夏银川人。鲁迅文学院少数民族文学创作培训班学员，宁夏作家协会会员。有诗歌发表在《朔方》《黄河文学》《盐州文苑》等刊。

王语轩的诗

伊犁的雪

1

那些雪花飘过天空，雪白的鸽子泊在屋檐，鲜红的爪子踩着白雪，像两朵盛开的玫瑰，冷艳，绝美。

寂寥的心思停靠在老屋子，依依不舍。

只有屋顶的炊烟漫过天空，吻疼云朵的额头。

大雪铺天盖地，寒冷收拢了斑驳的心事，麻雀在树上谈论着灰白，悠闲自在地回味遗落的谷粒，枝头藏不住的冷，摇曳着冬天的萧瑟。

凋零的过往此起彼伏，飘飘洒洒招揽着呼啸的北风。

炉灶里牛粪正烧得通红，噗噗冒泡的奶茶溢出满屋清香，年轻的阿妈怀抱牙牙学语的儿子，正耐心等待牧羊的丈夫归来。

银装素裹，掩埋了故事里的来来往往。

2

胡杨林里飘来刀郎的歌声，跳跃的灰松鼠正坐在枝头，啃食溢着清香的松子，簌簌抖落的雪花悄然坠地，压疼了土里熟睡的蘑菇伞。

远处奔跑的白兔，忽隐忽现，它要去寻找藏在树洞里的口粮。

一对年轻的少年男女，相互嬉闹着用雪团追打对方，火红的围巾频频回头，两行脚印伸向远方。

千里冰雪的伊犁河谷安静了，每一处山水，都托举着晶莹剔透的梦幻。云朵和雪花相互吻别，耳边传来河水熟悉的澎湃。

戈壁滩的风声与马蹄交错，头戴毡帽的哈萨克牧民，正赶着牛羊去饮水，头顶着的是伊犁河最温柔的孤单。

3

泊在猎人手背上的雄鹰，蒙上的眼睛已经落满了尘土，它抖动着双翅，蓄势待发，等待春天的又一次来临。

牧人帐篷里的冬不拉，紧一声慢一声地弹唱，如天籁从云端坠落，而门外飘飘洒洒的雪花，正抚慰我泪水漫流的过往。

牧羊女的歌声，被马儿藏在眼底，越来越大的雪花抖落下：春光、细雨

孩童们堆起的雪人，在笑声里活灵活现，高高扬起的雪花，是他们撑起的白帆，正高举着手绘的插画，缓缓划向童话的港湾。

今夜我做了个梦，梦中春风踩过残雪的芳径。那拉提下了一场杏花雨，我在雨中笑得那么灿烂。

我用诗点亮了毡房里的灯火，满园的芬芳摆弄着衣袖，与溪水从山顶结伴而下，欢笑声淡若云烟，裙裾缀满了雪莲花的幽香。

我也许就是那低飞的双燕，正在飘雪的今夜，静等人间四月天。

王语轩，女，新疆人。生于 1993 年。作品散见于《星星》《吐鲁番》《奔流》《椰城》《中外散文诗》《太湖》《散文诗》《北流文艺》等百余家刊物，有诗歌入选《中国新诗年鉴》《青年诗歌年鉴》。

徐存虎的诗

野　性

没有什么能够阻挡
一匹马肆无忌惮地狂奔
没有什么能够规定
狼和狗遇到，便狼心狗肺
但是，你看邂逅的两个人
他们如果野性十足
必将有激烈的火花
灼烧万物

爱　情

我把悲伤、喜悦写进每一页宣纸
让经筒刮起的风，默默诵念

直到遇见你，眼里的每滴泪水

融进我们彼此的修行

徐存虎，笔名浩宇，男，汉族，1990 年 5 月出生于甘肃泾川。陕西省青年文学协会会员，《风满楼》诗社成员。作品见于《绿风》《延河》《扬子江诗刊》《陕西日报》等报刊，入选《青年诗歌年鉴》等选本。诗歌多见于网络微刊。

杨阿敏的诗

逝

爷爷老了
他的世界在不断缩小
先是剩下一个院子
后来剩下一间房
现在，只剩下一张木床
被安置在人生的秋风里，摇摇欲坠

雪　夜

大雪漫过人间
覆盖了所有珍贵的痕迹
独自走在夜里
我害怕
被自己的影子绊倒

杨阿敏，女，生于1997年2月。有作品发表于《山东诗人》《延河》《奔流》《诗歌地理》《青年诗歌》等杂志，作品入选《青年诗歌年鉴》。现居宁夏吴忠。

张楠呐的诗

记　事

雨下了一个月零两天
我梦到自己作为一粒灰尘，安静地
附在病院潮湿的墙上
意识出走后，流浪给世间所有空荡的袖口
插上鸵鸟的翅膀
倘若彻夜不眠，世界就毁于每一次闭眼
听哎，窗外哗啦啦，下着消毒水
除了梦以外，没什么能将两个事物连起
修辞过于傲慢
这个午后
海棠花成为海棠花，我成为我
散落四方的手脚
结识了舍弃蜥蜴的断尾

九　月

九月某个疲惫的黄昏，我们听见蟋蟀命不久矣
很快地，你说，沉默将开始复制自己
窗外的麻雀，玉兰，柿子树，要重演一遍谎言
假定自己从没来过，假定每天都是新鲜
我们无心睡眠，那些夜里
月光是最锋利的碎片，只有鱼听见河水的呜咽
而你翻来覆去抓不住的隐喻，似乎都带有深不可测的目的
不行，你说，怎么能一半是假定，一半是悖论?
那个黄昏，我们看到的是永恒的晚霞，不死的光
而光的另一端
我们（以及过往的朋友），无一例外地
染上憎恶自己的病

张楠呐，女，汉族，1998年生，毕业于新加坡国立大学中文系，现居广东深圳。作品散见于《中国诗歌》《新洲雅苑》《中国大学生诗歌年选》等刊物与选本，曾获淬剑诗歌奖。

赵希的诗

肚　脐

很多个夜里，我用食指触摸到它
像寂静触碰到更深的寂静
这里曾有河流、花朵、粮食
一张樱桃似的小嘴
吮吸过多少甜蜜与温柔
有时，我觉得它像一枚安静的句号
暗示着我和母亲的必然分离
现在，它躺在我的身上
像星空让我着迷。

同　伴

空山新雨后，枯木上长出
许多小小的耳朵

我多么想是其中的一只
听细碎的阳光啄开层层薄雾
枝头上，两片脸颊绯红的枫叶
它们叫对方亲爱的

赵希，女，生于 1995 年，原籍四川宜宾，现居宁夏隆德。2016 年开始写诗，有作品先后发表于《中国诗歌》《宜宾文学》《诗歌月刊》《朔方》《作家天地》等处。

罗玮馨的诗

悲　剧

脚边的落叶苍白无力
挣扎着发出濒死的喘息
窗里的咖啡开始冷寂
窗外的秋风吹乱谁的衣

你把回忆剥离
葬在岁月的尘埃里
这本就是一场戏
谁的转身都毫无意义

我尝试将无用的文字过滤
让情绪不着寸缕
再拼凑出一句
这不过是一桩无所事事的悲剧

罗玮馨，笔名碟子，女，2001 年生，江西吉安人，现就读于伊犁师范大学。

孔顺茜的诗

年　关

最后一片树叶凋零
村庄的轮廓暴露在空气里
思念的味道不断发酵

炊烟在低矮的屋檐上缭绕
日复一日的牵挂让时间越来越重
枯瘦的指尖用力翻动着日历的最后几页
回家的身影在巷子口闪烁
长久的别离凝固在转瞬即逝后的无尽牵挂中

冬　至

夜最长
寒冷也会停留得较久

在与时间的博弈里

我总是输得一塌糊涂

就像过了这夜，我理应有更成熟的样子

扔不去的孩子气，撕扯着我的衣襟

年龄的堆积无法换来洒脱地长大

孔顺茜，女，90后，诗作曾入选《青年诗歌年鉴》《中国新诗日历》等选本。

张小兰的诗

玻璃桥

置身于一枚露珠里
行走的千山万水是一颗颗易碎的梦
每一个脚步
都是心惊胆战的模仿
每一次心惊胆战
都支离破碎得多余

苦竹湾

水长的竹子
像女人一样柔美
把天地两色柔和得天衣无缝

贴着山的巍峨和婉转
每一段都有一株礁石扭伤的竹节

流着绿色的血液
日夜笙歌

张小兰，笔名白孔雀、雪色梦话，现居西安。有诗歌在《中华文学》《诗天子》《清远日报》《北方文化》《当代诗人》《大渡河》《神州文学》《清远诗歌》《彭城晚报》《茉莉花语》《新诗大观》《邳州文学》《杨陵文苑》《流派》《今日诗界》《诗典藏》《诗路作家报》《风沙诗刊》等二十多家报刊发表，有作品获奖。

第五辑

西南地区青年诗人

张容卿的诗

灯

我立于窗边
摘取窗外的一粒街灯
投入我案前的那盏孤灯
街灯眨呀眨　队列整齐而严肃
仿佛喧嚣的干道流淌着橘红的血液
陪伴千千万万处于归途的凡人
而窗内那点灯火
却只暖我一人

繁华和笑闹是属于他们的
回家和陪伴是属于他们的
窗外的街灯是快乐的
而我有的
只是桌案上通身洁白的宣纸
以及宣纸旁边那一碟漆黑
漆黑得像巨大引力的黑洞

吸进千载墨客腹中的书卷
我借着窗内孤灯的触须
在纸上用力且认真地写好每一个字
带着某种神秘的敬畏
敬畏黑夜　敬畏灯光　敬畏生命
窗内的孤灯是慎独的

最好的关系

脚丫渐渐蹚进记忆的海洋
脸颊还残留你纽扣的触感
透明的风铃吟唱你爱的歌
电话信号永远传不到彼端
渡人摇桨飘过雾气氤氲
慈悲怜悯伸手拉起
作茧自缚深陷泥沼之人
匕首刀刀割断眷恋的脉络
残破的灰烬拼凑谁的背影
而后决绝用力掉头
跟随渡人渡过修罗苦难
到达彼岸莲花圣境
终顿悟心懊悔方知晓
人与人最好的关系
便是没有关系

张容卿，女，1999年6月出生，云南省作家协会会员。七岁起开始在《小学生拼音报》《故事作文》《简妙作文》《快乐童话》《边疆文学》《滇池》等报刊发表作品。十余篇文学作品在全国、省、市作文竞赛中获二、三等奖及优秀奖。

周香均的诗

逆水生长的树

逆水生长的树，切开水面时
拥有一颗朝上的心，总想在
秋天里长满山岗

它会告诉你，醒着是多么不易
向上需要勇气和胆识
是的，感谢水面和阳光
时间上的刀，还有愤世的悲观者
他们都是逆流而上的光

夜深了，突然静下来
雪在远方，同样有了一次静止
而朝着天空生长的树
总想在自己静止的一刹那
和雪花一起降落

那片星空才能回到过去

拾起落叶一片

时间装着一个奔走的人

时间装着一个奔走的人
他唯有在夜里能看清自己

风还在怀疑，自己能否飘在空中
花朵已经凋落
探出头来的是最好的沉淀

一切都在变化，起初的信念
早已无法坚持，因为时间
装下的不只是一盏灯

或者说，看懂世界的人
忘记了自己在想什么
他在探寻你的身影，或者一只眼睛

而我陷入时间的迷茫之中太久
一生都无法选择离开
只能在夜里遮去悲欢和离合

而只有一杯白水，它清得一生无邪
装下了时间的脚步

周香均，男，生于 1981 年 6 月，云南昭通彝良县柳溪乡人，曾在《天天诗历》《诗选刊》《诗潮》《滇池》《散文诗世界》《散文诗》《昭通作家》等杂志发表诗歌和散文。

河畔草的诗

春风里

什么都没有了，也好
从此不用再担心失去什么
剩这一副皮囊，走在春风里
花枝上都是美人
泥土里都是泥土
如果还有笑
就抛给路边的乞丐
如果还有泪水，就留下来
滋润脚下的青草

一棵树

一棵树把自己分为两个部分
树根向地下延伸

枝干朝天空伸展
一棵树其实从来也没有站在原地
它同时走着向下和向上的路
树根每向下挺近一尺
枝叶就跟天空接近一寸

河畔草，本名马丙丽，女，回族，1980 年 8 月出生，现居云南省昆明市寻甸县。有诗作在《十月》《滇池》《回族文学》《长江诗歌》《昆明作家》《昆明文艺》等刊物上发表。有诗作获 2017 年《滇池》（大益）文学年会奖。

余元英的诗

和钢筋做兄弟

暮色中放下的钢筋在梦里站立起来
与建筑工人说出同一种乡音
清晨，取下月亮，挂上太阳
继续对钢筋讲述没有结局的梦境
建筑工人知道，只要将钢筋视为兄弟
它就有了命，有了亲人的质感

与钢筋生活久了，就会讨厌柔软
比如离别的柔软，呼唤的柔软，思念的柔软
就会拥有坚韧的特质
再苦再累都忍住不流一滴泪水
怕过多的水汽会使铁锈纠缠钢筋
自己再也走不进钢筋的内心

走

女儿从老家回来后特别害怕我走
当我做出拿包的动作或是无意间提及“走”
她就立马抱住我的大腿，哭着闹着不准我走
仿佛“走”字和“走”的发音都是她神经的雷区，不可触碰
我猜想，小小的“走”在她小小的世界里应该是大大的分别，大大的抛弃
写到这里，我突然想起曾教过一个不会写“走”的留守儿童
母亲在她两岁时跟人走了，父亲外出打工再也没回来过

余元英，女，汉族，1990 年 5 月生，四川九寨沟县人。有作品发表于《中国艺术报》《四川文学》《星星》《诗歌月刊》《扬子江诗刊》等刊物，有作品入选《中国新诗排行榜》。

田婷的诗

飞　鸟

那些我和影子共同相处的日子，已经五个月了。唯独在今夜，数月以来第一个没有星星的夜晚。一次，两次，三次……我怎么也迈不开脚，身体像是灌满了铅，翅膀成了生锈的零件。

这是失去影子的第一个夜晚，这是第一个找不到半点儿月光的夜晚。

我的眼神呆滞、气息急促、全身哆嗦。我害怕恐惧会爬满我的每一寸肌肤；我害怕其他飞鸟会在精神上群殴我；我害怕第二日的阳光会姗姗来迟。

打我第一次离开地面起，我发誓：我生来就是为了离天空的心脏更近，这一生，都要做一只不会侵扰鱼塘的飞鸟。

但直到今夜，我无论如何都看不见我自己，我的眼睛里只剩下四季的颜色，以及无数场与自己毫不相干的别离与相遇。

我紧紧地闭上双眼，身体释放出一种强烈的失重感。
就在这个夜晚，在这个感受了自由坠落的夜晚，一种前所未有的羞愧鞭笞着我。
我从来都不应该轻易去定义一只飞鸟的宿命。因为作为一只飞鸟，拼命长大，并不是为了无限地靠近太阳，而是应该珍惜大地与天空的馈赠，以及懂得生命里必须要有一次主动的降落。

田婷，生于1995年11月，重庆人，教育工作者。中国诗歌网重庆频道2016年度诗人，《中国校园文学》签约作家。作品散见于报刊。

陆豪的诗

在西藏

青稞做酒，也可做粮
湖中有鹰，也有鱼
雪山之水
养育众生
一条铁路之上
尽头开满雪莲

注：谨以此诗献给忙碌一生的伟大劳动者，无限敬意寄给我亲爱的祖父。

在山上

一头牛从崖上摔下
几个村民，背着背篓
去寻这牛

等寻到时，已是天明

祖父年老不能走动
只朝那牛摔的方向
点两支烛，燃三炷香
哭一整宿

谁也劝不住

陆豪，曾获野草文学奖校园奖二、三等奖，有作品刊登在《北大门文学》《守望者报》《青春诗刊》《昭通作家》《起点诗刊》《诗原野》等报刊。现就读于昭通学院汉语言文学专业。

冰雁的诗

限制性

大海霸占到海岸线就不霸占了
天空低到地面就不低了
眼观到六路就掉头
耳听到八方就沉默

等河流退步为雨水
等山峦返回到板块相撞之前
等明亮还原成阳光

我们也将在生活的圈子里画地为牢
并且选择用一生来服役

冰雁，本名罗乔有，男，彝族，2000 年生于贵州水城，作品散见于《贵州作家》《青春》《当代教育》《散文诗世界》《散文诗》《贵州日报》等，并入选《21 世纪贵州诗歌档案》《贵州 90 后诗选》等选本。现就读于贵州大学体育学院。

葱葱的诗

黑　夜

眼泪把头顶的灯泡浇灭了
就这样突然跌入黑夜
在黑暗面前
赤手空拳
啥都说不出来
啥都无济于事

长久地坐在黑夜里
直到双臂长成翅膀
覆了羽毛或者绒毛
你能求取到的暖
如飞蛾扑火前
怀抱壮阔的希望

早　春

春光走来的时候
像撕掉唇上的深渊
靠近一朵睁开眼睛的花
这世间的朦胧都掩在花瓣里

眼前的河水跳跃
抱住颤抖的云朵
她忽隐忽现的心事
爬上了河堤

洁白的誓言在绿道留下背影
有谁会忆起同样的画面
别处的世界陌生
温情是个值得珍藏于心的词语
早春
她的眼睛里点燃无数盏灯
在暮晚的街道
照亮返回的路

葱葱，本名张益聪，生于1990年，四川富顺人，现居绵阳。诗作见于《诗刊》《青年作家》《绿风》《江南诗》《诗歌月刊》等刊，入选《天下好诗：新诗一百首赏析》《中国地学诗歌双年选》《女子诗报年鉴》《青年诗歌年鉴》《中国汉诗》等多种选本。

杜均的诗

杜甫在成都

——纪念杜甫入川 1260 周年

流亡者终于止住了脚步
在成都，在万物深眠的时节
卸下身体里的积雪。你发现
越过的蜀道，并不像生活那么艰难

从北方到南方，草木的关节
隐隐作痛，飘落凋零的声音
一部分城池在敌方沦陷
而更多的城池，沦陷在秋风里

结一座茅屋吧，生活还要继续
此地有故人，也易交新友
在溃败的世道里
安静抵达那扇蓬门

久违了，春光！邂逅浣花溪
这一场犒劳，这迟来的奖赏

让你重新活成自己——
春天的信徒，癫狂的赶花人

春天包围了黄四娘家
花事稠密已有多年不见
轻薄桃花与癫狂柳絮
都是失意者的大补之药

一群鸥鸟像飞腾的枝蔓
千竿翠竹铺陈古典的音符
瘦诗人喃喃自语，这堂前的春意
是用一章章诗篇换来的

茅屋又在加剧新的摇晃
好消息像粮食一样稀缺
暮光低垂，黑云带着浪潮的威力
听！秋风把肋骨吹响

从一间茅屋想到千村万落
你的命运是千万人的命运
你的笔，代千万人发言
每一声哀叹都有出处

在茅屋，在帝国的暮色里
你用寂寞的诗篇取暖
让文字化成一道豁亮的闪电
并一再返回人间

杜均，男，汉族，1984年生，四川阆中人，现居成都。成都市作家协会、四川诗词协会会员。

方雨的诗

宇　宙

当恒星被撕裂，
变成元素炸入空中，
它们变成星云，
形成小小的光，
在宇宙中不断循环，
我们出现了。

当生命如恒星，
漂泊在浩瀚宇宙中，
探索宇宙深度，
宇宙尽头奥秘，
光束为我们建通路，
我们看到光。

当时间在快进，
经过无法想象的时光，

穿过广袤宇宙，
目睹恒星生死，
那些个古老的光束，
带来了宇宙。

方雨，女，汉族，2000 年 10 月 26 日出生，云南昆明人，现就读于广西师范大学文学院新闻与传播学院。

勒格阿呷的诗

秋天的自白

我需要冷静地在秋天，杀死
——现在的自己
戒掉那些梦 ，连根拔起
我需要一些草药疗伤
或许草药，让我中毒
加重。加重……拉长了毁灭
我经受的恐惧是一面道具
插满了红色的戟
像七层生日蛋糕上，铺满的
红玫瑰花瓣：鲜红
我感触到控制呼吸，午夜假装
平静睡去的人，梦魇
像毒蛇猛禽，吞噬
刻意的刻薄，虚假的做作
这些，仅仅是我伤口的一点外衣

我需要缝合门内的口子
绿茵青苔上摔破的黄叶
带着焦黄的渴，一场秋雨
淅淅沥沥地击打着土地
黑夜变得更像魔窟
我撑起眼泪浸泡的伞
在迷雾中清醒地，杀死
现在的自己

勒格阿呷，女，彝族，90 后，出生于四川大凉山，西南民族大学研究生。

李育江的诗

和平月

举头望明月
垂首问苍生
原来月的表面
也是坑坑洼洼
打过仗吧
就像无穷的远方
无数的人们
身处战火纷飞之中
大声谴责战争的时候
和平就遥远了
不知何时
山海相隔的友人
能共赏此景
不知何时
阴阳相隔的亲人

能共此明月

李育江，笔名复兴、卫复兴，男，汉族，2000 年 4 月生，四川遂宁人，南开大学在读学生。

梁琳筠的诗

过渡地带

今夜，时间是静止的
时间被寂静封存进周遭的乡野
幽幽的绿水与田田的荷塘内
暮色挤在我的门窗外
像一张铺天盖地的黑色巨网
拉近天地的距离，让星月变得触手可及
更像白昼的彼岸，在灯火的驱逐下
留给我一块，不止巴掌大的宇宙
在这空间，更是时间的此岸与彼岸
追溯自己的原乡，追溯逆流的思想
追溯童年的目光、记忆的青田
更追溯那些父母的白发与皱纹的深浅

今夜，世界是平行的
世界被分割成不同的切片
每一片都剔透晶莹，无尘无埃

暮色守在我的双眸外
如刚从苍宇之上，斜斜地铺洒而至
亦如正从大海之渊、洪荒之原奔涌而来
带着云天的荡气回肠，山河的千寻百转
在这时间，更是空间的过渡地带
偶尔破上三两声莺啼、犬吠与虫鸣
我，与无数的我
寂静，与无边的寂静，便瞬息间
都被齐齐地吞噬，再一一地吐出

梁琳筠，又名卢绍琼，出生于阿坝州茂县，羌族，80后女诗人，青年作家。毕业于四川师范大学。阿坝州作家协会会员，四川省作家协会会员，中国少数民族作家学会会员。著有诗文集《羊角花开》、诗集《格桑花开》《羌云》。

刘佩兰的诗

唯一的记录

我们只活一个白天和一个黑夜。因为短暂，什么都合乎情理。
在我们美好的清晨，我们发现
上帝的流浪狗善用金币，工匠们听其驱使。
亲爱的人啊
愚者尚在梦中，智者赶往刑场

冷色调

你知道的，你是个常常迷路的人
你路过很多人的窗户
没有一种灯光让你熟悉
你常常跌倒
在夜晚寻找故乡

山路像一条细瘦的绳索
夜行的生灵们隐匿肉身
你是立身野地的石头
没有遇见一个人

刘佩兰，笔名桃生，女，汉族，1990 年 3 月生，现居重庆。

罗双霞的诗

青　春

是五月的第一缕晨光，
是碧蓝天空里的白絮，
是微风轻拂的满天星，
是不敢抬的头和洁白的微笑。

是抚摸第一朵鲜花的春风，
是唤出第一声蝉鸣的夏夜，
是落下第一只蝴蝶的秋风，
是飞舞第一朵梨花的冬夜，
是永远回不去的过去。

时　常

时常
有一股清冷的风

自北方的秋末
迎面吹来，鼓满袖口

屏住呼吸
脑海里什么也没有
只剩下
被风攥紧的手

这条大道上
只有回忆
往前瞧
总是不太清楚

罗双霞，女，汉族，1996 年 12 月出生，毕业于青海师范大学，现居四川射洪。

蛮雨的诗

夜风中的梦

夜风吹得这样微醺
星子闪得如此寂寥
暂且让这美丽的夜
停下她那轻快舞步
将你的脸细细端详

树叶随风重获自由
燕子盘旋悄成一线
暂且让这宜人的风
停下他那肆意行踪
将你的梦轻轻珍藏

风与夜的美好瞬间
伴随着均匀的呼吸
重新游走梦境深处
所谓温柔能留几时

唯当梦醒方才可知

蛮雨，本名牛雅静，女，汉族，2001 年 7 月 11 日出生于河南省宝丰县，现就读于重庆市西南大学。

米吉相的诗

这一日

这一日，我看见深秋黄
裹挟旧事的词句无力挑起九月的暗色
小镇上趋于静安，我背靠青山
面朝一片苍茫。这一日，想起故人
想起灯光下我们铺开的词句

这一日，我假装沉睡
耳畔拂过的清风，已略带锋芒
我不能再一次想起旧事
那些沉睡的词语日渐消瘦
无力在深秋一次次感伤

这一日，与你说起往事
说起滇池之畔拍岸的涛声
无法再一次展翅，我们的翅膀
已妥协于深秋寒，已妥协于

那些无力抵抗的隐处伤

米吉相，男，汉族，1993 年 10 月生于云南昆明，现居云南会泽。作品刊于《诗刊》《星星》《中国诗歌》《边疆文学》《散文诗》《诗歌世界》等刊物。

潘玉渠的诗

我想去抱抱他

泡桐托举着的星群
格外冷冽。那个孩子站在风里
瘦小，单薄，如墙上的标语
——我想去抱抱他
擦掉他那混入了尘土的鼻涕
我想做他的爸爸
给他买各种玩具和漂亮的鞋子
我一边向他走去
一边忐忑，担心他会害怕——
跑开——
把我当成那个
抛弃他的坏人

潘玉渠，男，汉族，1988 年 4 月生于山东滕州，现居四川金堂。作品散见于《扬子江诗刊》《星星》《诗潮》

《诗林》《诗选刊》《中国诗歌》《草堂》等刊物，部分作品入选多种年度选本，出版散文诗集《此间坐忘》。参加第十八届全国散文诗笔会，曾获“扬子江年度青年散文诗人奖”。

秦练的诗

父亲的锄头

它安静地躺在了角落里
影子黑过父亲的脸
银亮的光芒被遮盖，褐色的铁锈
像极了 它吻过的土地
废旧的一块钢铁

它在等着时间腐蚀
没有疼痛
这是上帝对它的一种考验
它承受着一切，直到有一天
它和祖父的骨灰一样
埋进土里

秦练，男，汉族，云南宣威人，生于 2000 年，现就读于云南民族大学新闻系，作品见于《滇池》《青年诗人》等刊物。

桑姆的诗

与岁月独处

对面山头，颓黄的土房
一个酒鬼与岁月独处
破败的房门，一下下地
撞击着峡谷幽深的日子

那天起，他独醉山头
不打妻子，也不打孩子
眼眸日日守着山对面的门
守着妻孩，守着峡谷幽长的沟

而每当深夜，他梦中呓语
朝对面山头呼唤群星
只有树影未眠，在风中摇晃

播撒月亮的农夫

月亮终于生长了，和麦子一起
月亮终于在今夜，长出第四片叶子
在父母狭长的田里，长出秋天的谷仓

月亮流进石头缝里，浸泡
蟋蟀的翅膀，这麦子说话的嘴巴
在父母狭长的田里，湿漉漉地哀叹

秋天，沉甸甸的月亮
和沉甸甸的麦子将一同被收割
在父母狭长的田里
蟋蟀是播撒月亮的农夫

桑姆，女，藏族，云南迪庆人，90 后。现居四川甘孜。

盛宴的诗

一封写了十二年的情书

心中住着一个人，十二年了。
我不知他是否知道我的心思，但他总是高傲地扬起头。

我够不到他，甚至他的脚踝。
我曾向自己许诺，在我十八岁那年，去找他，向他正式告白。

但我失信了。
怀着痛苦与遗憾我麻木地行走于人潮。

远处望见他，他还是那么高傲且闪耀。
我还爱他，每分每秒都未曾停止。
我从未放弃过去拥抱他的念头。
我无时无刻不在幻想，
他回头，
对我微笑。

梦想啊！

我知道你高贵且闪耀。

如果你不能回头，我就飞奔到你的面前吧。

盛宴，本名何盛艳，女，汉族，1997 年 6 月 17 日出生，现居四川南充。

孙玉琪的诗

还　在

生活在角落的酒瓶椰林还在，细雨中向我挥动绿色臂膀
那条烟火气息的小吃街还在，老爸茶、抱罗粉、椰子船、清补凉……
曾经一起虚度时光的秋千还在，想乘着它消融厚重心墙阻挡的过去
一年前租过的房子还在，一个蝼蚁般的人
鼓起全部勇气逃离人群，在温暖巢穴中寻找自我
如果再次走进它，我猜想，自己每晚
放在床头、祈祷无忧梦境的红苹果还在
它不会在岁月中衰老颓败，那鲜艳欲滴的容颜还在

车辙蝴蝶

双翅合十，虔诚躺在车辙的蝴蝶

青绿色翅叶，宝石般闪光
我讶异于眼前的无声画面
藏身凹陷公路，向人类文明谦卑低头
你正在哲思，还是匍匐着寻找甜蜜花瓣?
沉睡的蝴蝶，你没有飞越另一片沧海
也不曾爱上另一只蝴蝶，另一片湖泊，或者
另一棵树和另一个追蝴蝶的孩子
竟然跌落人间，车辙中小憩，不再翩翩飞起
你的离去，比空中舞动更美

孙玉琪，女，生于 1996 年，山东东营人，现为云南大学研究生。曾获第八届“包商银行杯”全国高校征文大赛散文组一等奖、第九届“包商银行杯”全国高校征文大赛散文组优秀奖，作品散见于《滇池》《飞天》《草原》《中原》《太阳河》等刊物。

唐梅的诗

钓　鱼

夏天
我像爸爸那样舞弄鱼钩
垂钓青春的倒影
我的鱼钩在池塘的水面上时而漂浮
时而沉淀

池塘里没有鱼
我也没有诱饵
只有一池涟漪
轻轻地吞钩

一个人的城

一杯热茶
就可以坐上一个早晨

待在城市的中央
我不认识你
你不认识我

就这样穿插在城市的各个角落
听着憋足的方言
放任
那一杯热茶独自散发清香

唐梅，女，生于 1994 年 2 月 5 日，溪源书阁创始人，现为齐鲁壹点号“溪源书阁”专栏作者。

王俩合的诗

拉　萨

如同未涉世的婴儿
在一声哭泣中降临这片土地
对这里的蓝天、白云、尘土
甚至一草一木，都充满幻想
随时要经历一场热恋

这里是石头的天空
石头是孤独的
在世界屋脊沉睡了几千年

布达拉宫，一段爱情的开始
也是一生信仰的见证
日日夜夜倾听世间的喜怒哀乐
在日月间照耀出红白两色
白色装满乡愁
红色流浪远方

大昭寺旁总不会缺少叩头和念经的人
因为，骨骼不会迷失方向

王俩合，笔名远方，回族，1994 年出生于张家川县，现工作于西藏阿里地区。作品见于《诗歌周刊》《火花》《中国百年诗人新诗精选》《中国 90 后诗选》《中国诗人年度诗歌选集》等刊物及选本，获第二届“中外诗歌散文邀请赛”一等奖、第七届中国大别山“十佳新锐诗人”入围奖。

王燕的诗

虚与实

当删除成为一种习惯
自欺欺人也变得虚伪
那些历久弥新
被埋进记忆的尘土
在这个封闭的空间里
没有风
不能飞扬

而你
如记忆深处的蝉蜕
历经风霜的洗礼
耀武扬威地展示自己的铠甲
灵魂，早已空洞

现实
会让你记住

那个一往直前
不问归期的自己

王燕，女，壮族。1997 年 11 月出生于广西桂平，现就读于广西师范大学。

邬跃武的诗

致小女

我的怀中，你黑亮的眸子
一动不动地和我注视你一样
注视着我
好像这个世界
只有我们相看两不厌

一个多月大。我知道
现在的你
只有移动的事物才是
真实的存在
所以我不停地摇啊摇

摇啊摇
妈妈椭圆的梳妆镜里
我们像是两个正在子宫里
缓缓孕育的婴孩

邬跃武，男，彝族，1981年8月生，云南省怒江傈僳族自治州泸水市人，现居云南省玉溪市新平彝族傣族自治县。在《人民公安报》《滇池》《民族时报》《玉溪日报》等报刊发表诗歌、散文若干，曾获玉溪日报文学奖入围奖及多个征文奖一、二、三等奖及优秀奖。

何永飞的诗

生　者

子弹还在耳边飞，空气碎裂的声音
很响，从死中爬出来，在生中煎熬
满山坡的杜鹃花，从白骨里冒出
还在冲锋陷阵，还在誓死守卫
没想过要掉队，幸存，比刺刀还锋利

渐渐老去，没有伤感，反而欢喜
与战友离别太久，常被猛烈的孤独包围
黑夜深处的炮弹，炸毁睡眠和梦
炸毁遥远的距离，身上扛着墓碑
犹如扛着机关枪，在泥土里匍匐前进

逝　者

脱下旧事，脱下半明半暗的一生

不立墓碑，不给大地增加负担
干净的肉身，喂给饥饿的秃鹫
在生命的祭台，骨头唱完最后一支歌
风，已经为灵魂编织好翅膀
收起眼泪，几页经文，就能解除过去
就能开启天空之门，白云飘动
银河闪烁，那是另一个自己在召唤

何永飞，笔名菩禅子，白族，生于 1982 年 3 月，云南大理人，中国作家协会会员。出版诗集《四叶草》《梦无边》《风过指尖》《神性滇西》、长诗《茶马古道记》、散文集《生命归位》。作品曾获第八届云南省文学艺术创作奖（文学奖）、第二十五届全国鲁藜诗歌大奖、第十一届全国少数民族文学创作“骏马奖”等。《茶马古道记》英文版（美国汉学家 Saul Thompson 翻译）分别由英国欧若拉出版社和中译出版社出版发行。现居云南昆明。

杨学敬的诗

看风景的我们一言不发

看风景的我们一言不发
尽管视线不时重叠
我等待的却不是
你在风中吹乱的头发
我开不开口
结局也不会是
桌上凉透的茶
你看不看我
起因也不会是
鲤鱼跃出水面
打湿的落花

杨学敬，笔名沐昫、青鸟、灰羽翼等，男，汉族，1997年11月生，现就读于南开大学。作品散见于《中国校园文学》《海河之北》《山东诗歌》《陕西诗歌》《青年诗人》等纸刊与网刊。

余真的诗

苹　果

我和我的妹妹将父亲的爱合理分割
就像白色保鲜盒里的两半苹果
我知道这个甜分得有失公允，黛青和藕粉
分裂得有失公允的苹果它尽力了
我知道这把前锋后钝，分离他们婚姻的
刻板菜刀它尽力了。我这一生所有的完美
和所有的缺憾，它们尽力了
我未领教的人生，未宽恕的痛苦
它们早已竭尽全力。我早已深知我
就是我正丧失的一切。每当我记忆
我认为我将刻骨铭心，我就在自我欺瞒
就像我始终无法回忆那个当时认为
永生难忘的夜晚，我的母亲她像风中的火苗
她就这样消失得无声无息，我以为我
深晓其中的细节……不是。不是。她

就像保鲜盒里氧化的那一半苹果，
我知道她过往新鲜、清脆，清甜得像
童年里的槐树。那棵槐树不是具体的，
苹果也不是。它既不是你用来蒙混的意象
也不是你牙齿所造成的深深凹陷

余真，本名苏惠，汉族，1998年8月生于重庆江津。现居重庆沙坪坝。曾参加第三十四届青春诗会。出版诗集《小叶榕》。曾获陈子昂青年诗人奖、大江南北新青年诗人奖、中国诗歌2016年度十佳网络诗人等奖项和荣誉。作品入选多种选本。

张晓芳的诗

远　方

我也曾
赤诚而一无所知地
热爱着这个世界
年少时怀志
只见天远地阔
父亲沉默不语
一路送到村口后
看我
行囊空空
奔向远方

张晓芳，女，90后，白族，云南大理人，发表过若干诗歌作品。

左逸潇的诗

一列车穿山越岭

堤坝，废墟，江河
无数转瞬即逝的掠影
静止的水平面在眼前展开
几年前就懂得的道理——
——眼前一切都是身后了
包括我们的谈话，音乐
一本破旧的书籍，还有匆匆的心

雾气，原野和长长的轨道
新旧交替的天色
明明暗暗的心穿过隧道
穿过山体的脏器
如同我在某些瞬间曾穿过你的脑海
穿过臆想，穿过语言
然后一切明朗，渐渐变得光亮

我们曾仔细观察过芦苇吗
还有斜坡，电塔，池塘，野鸟
还有密密的森林
以及你我名字所暗藏的纹理
以及一直倒退的相遇
在某个时刻就爆炸开来
炸成一切带着“野”的山和水
炸成我们很久以前就有的形态

——山是山，川是川

左逸潇，女，汉族，1999 年 10 月 16 日生，现就读于西华师范大学。

李鹏燕的诗

江城无眠之梦

六月的江城
白玉兰早已
疯狂盛放又老去
梅樱亦一夜落尽
不必觉得遗憾
这里的风花雪月
早已驻留在我的睫毛尖
怕，只怕景色太美
双眼闭上不敢看
就容心灵沉迷
梦一场
如果醒来
正是梦想的颜色
让娇情停留片刻
允许我

一如十八岁的模样
请你喝一杯卡布奇诺

从　前

从前从前
有人说浉河的水
镇妖的塔
茂密的竹
如黛的山
还有南湖烟雨弥漫
我们骑着租来的自行车
坐在大坝上
风从各个方向吹来
你有你的打算
我有我的憧憬
带点文人骚客的小清高
那时
玉兰花很白
我们很嫩

李鹏燕，笔名寂静之声，女，出生于1990年1月，河南长垣人。毕业于华中师范大学中文系。现居贵阳。

卓兮的诗

我不担心我的羊群

熄灯后，我还在读哪一行文字
眼睛固执，闭上
依然在找寻
我的羊群走失在深夜
它们无法拒绝三月的草芽
那片遥远的浅绿
但我不担心我的羊群，我担心草叶上
还未落下的齿痕

时间的门缝

风想带走你的声音
雨要模糊你的踪迹
时间仓促

临走，留一条门缝
让你看得见风景
却挤不进去

卓兮，本名王卓英，生于 1987 年 12 月，成都青白江人。作品见于《星星》《草堂》《四川文学》《中国纪检监察报》等报刊。现为成都市作家协会诗歌专委会委员、成都时代职工文学创作院副秘书长、青白江区作家协会秘书长。

孙倩颖的诗

天空的两端

桥上　抬头
我看见
桥被天空分成了两半
一半，波光莹莹
一半，薄暮遮掩

天空就像一幅画卷
悬浮于滚烫的屋檐
一时，清风起
天空烧着的灰烟
由东边吹向了西边

天空的两端
隔着护网
水与墨的分界
依稀可见

也许是云高过了霞
也许是霞覆盖了云帘
彼此相附相依
好似少了谁
都不足以作就如此鸿篇
将我的灵魂惊艳

光　圈

某天中午的上空突然出现一圈圆
套住了一方蓝色
有人好奇地钻了进去
有人留在原地观望着

天空突然现出的一圈圆
越扩越大
有人惊叹
有人忍不住掏出手机将自己也圈了进去

孙倩颖，1996年出生，贵州平坝人，贵州省诗人协会会员。毕业于天津师范大学管理学院。在《贵州民族报》《贵阳晚报》等报刊发表诗歌作品若干。

第六辑

中南地区青年诗人

张元的诗

塔礁洲公园[①]

要不你帮我旅行吧，反正我
不想活着了，已经走得很远了
都忘记了为什么而出发，我的脚步
越来越费劲，幻想过这人间美丽
我从南方而来，身后就是大海
那么多的浪花都没有为我而留
我这一生都在寻找，寻找我
离开的理由

我为你虚构出了一场春天，在还没有
老去之前，请原谅我小心的谎言
从黑夜再到白天，我常常能想起夜晚
我们沉默地相爱，从脚踝到发梢

---

① 塔礁洲公园，位于福建省福州市闽侯县祥谦镇，是乌龙江中下游的一个岛屿。

爱你藏在眼神里的十万次心跳，也爱你
第十万零一次的歌谣，我将在这里爱着
爱着你爱着的许多年以后

越来越多的声音老去了，越来越多的美好
开花了，新开的花瓣上长不出指纹
那年的树叶却落满灰尘
还有那正在腐朽的苔藓，最后一次呐喊
他们要在春天醒来，在人间
重新做人

龙岩码头①

再看一眼大海吧，最后一次吧
我将要远离这座城市，在眼睛里
到处都是远方的伤口，到处都在溃烂
很难再有理由相信，我将要离家出走
最后一次自由

最后一次写下黑夜，他们太痛苦了
瘦弱的烛光中有我死去的爱人，我不能
更不该一次次看她苍老，我与大海对面而坐
就像我数不清的过往，在他乡检阅
我还能再说起夜色，谁在暴雨中怀念从前

---

① 龙岩，位于福建西部，地处闽粤赣三省交界。

谁又在缄默时哀歌一些往事

要在重逢的时候，说出离别的意义
这太难了，所以我不再选择天空了
我不再选择星空而远离人间，这一次
我与大海和解，只有沉静的海水
能埋下我悲悯的前世，也只有这磅礴的海水
能够安置一生

张元，1994年生，作品刊于《当代》《诗刊》《北京文学》《中国作家》等文学期刊。出版个人作品多部，获第一届中国青年诗人奖新锐奖、第七届中国高校文学奖、第八届万松浦文学新人奖。

阳春的诗

顶上雪

每月一次的理发
当理发师的电推剪在头顶响起
围布上就纷纷扬扬落满了雪
那些夹在雪片之间的点点青丝
像极了还没来得及被雪花
覆盖严实的夜的底色

天上的雪，一年下一回
头顶的雪，月月飘落

在地铁上读诗

世界读书日
地铁车厢里的拉手上
悬挂了数十首经典诗歌

平日的低头族
偶有举目者
眉峰舒展，意态悠远
在这趟诗意芬芳的列车上
低头只会更拥挤
昂首却能遇见诗国的山河

我的老孩子

重阳节，外婆在沙发上打盹儿
睡眼昏沉。她手里还握着新出的报纸
墨香酽酽。上面刊发了一组我写给她的诗
目不识丁的外婆，或许并不知情
我亦不言明。除了我是她外孙的身份
对于其他，她并不关心
当然，也有与从前不同之处
外婆老了，她是我要疼爱的孩子

阳春，男，汉族，1983年生于四川威远，现居湖南长沙。毕业于南京大学中国语言文学系。20世纪90年代末期开始文学创作。出版《墙外行人》等文学著作。有作品入选《中国青年诗人作品选》《青年诗歌年鉴》等年度诗歌选本。

柴画的诗

百年之约

兄弟，我想和你商量一件事
你肯定会反对，你肯定会讥笑
最近，想把户口迁去万尺深水里，去那里找一个我
今生前世的女子，她，貂蝉一样倾国倾城
扶着纯黄金的马车缓缓而行，她没有缺点
就算有，那也是水做的误会
兄弟，还有一事
听说那里，没有钢筋水泥的人造森林
乱葬岗一样的摩天大厦、离异，及
贫穷、病死、失业、破产，就算有
那也是心怀叵测的人强加的
这一点，大海会同意
不信，你捞一滴清澈的水试试
何时何地，只要风过，阳光过
时光里会纯净得什么也没有，去水里

喝一杯吧，用水做的词铺路，兄弟
我等你呀，在最柔软的黄昏，懵懂的少年时光里

柴画，男，侗族，1982年8月生于湖南永州，先后于湖南省作家协会作家班、鲁迅文学院作家班毕业，中国诗歌网首批特邀驻站诗人之一。作品入选《中国诗歌选》《中国年度优秀散文诗》《中国百年诗人新诗精选》等上百种年度选本，被《时代文学》授予年度十佳新锐诗人称号。曾获第二十二、二十五、二十八届鲁藜诗歌奖，《星星》诗刊2014年度散文诗奖，《诗刊》社全国第七届观音山诗歌奖，深圳第十届青年文学奖。著有诗集《镀金的天空》《奔豖》。

陈航的诗

与己书

你不要买卖
人间的物件，将自己
作为抵押物。这偶尔钻出的白发
已经证明交易的实时性
你的夜晚，败光了
灯火的影子。飘渺的鸟鸣
是其星空的仁慈
你想将灯火赎回，但孤独的枝条
已经长满整个屋子
人越长大，丢失的事物越多
满天的繁星
都是你触碰过的花朵

陈航，男，汉族，1997 年 9 月生于海南澄迈，现就读于海南医学院。有作品见于《诗刊》《飞天》《青春》《延河》《诗歌月刊》《诗潮》等刊物，曾参加第十二届星星诗歌夏令营。

王威洋的诗

错　位

装修完毕才发现
家里某些不合理的布局
需要重新设定
比如阳台大到
可以独立成一间卧室
比如书房，它原本就属于
做梦的地方
我试着检索
它们是从哪个环节开始错位
或者说，从哪个环节开始
我觉得它们是错位的

一块黑色

我看见被褥上有一块黑色

已经很久了
有时一股微小的力量
藏在它的底部
蠕动。我观察了很久
它有点不像以前的黑色
现在它蠕动着
韬光养晦
似乎要颠覆这个世界
我想了想，它虽然动了起来
但它仍然是一块黑色
躺在那里，有时静如尸首
我想些什么呢
它当然只能是一块黑色

王威洋，湖北潜江人，90后，湖北省作家协会会员。曾参加第八届《中国诗歌》“新发现”诗歌营。

金格的诗

青春断

——致艾米莉

1

所有的痛苦都和人有关
语言的微波下，内心风暴十级

所有的人见到她都会喜欢她
她有青草的宁静，却无往昔斑斓的热情
十二年兽，爱情间里一具冰凉的梦

繁花之夜仿佛一件清新的波点裙
求生的执着抵不过死神的阴狠

2

水，对称着楼与影。无人对称于我

一窝三叶草，小花待其间
桃花夫不知在何处

梦在梦中，前所未有的孤单持续滴落
我好像进入不了所有的角色
逛了一世又一世。爱乃一种虚物

3

纸是她感情的流入地，水上的黄金鸟叫波光
神在静观修女的桃花肤，兽在对美为所欲为
人有未消化的思想一块块。阳光直射，玫瑰含露

振翅啼啭，曲线里有天真，浑圆里有乐音
春琴耀眼而悲伤，溢出小说
抵达新生之城——心事萦回地

金格，女，汉族，湖北人，出生于 1990 年 9 月。毕业于华中师范大学中文系。湖北省作家协会会员。在《中国诗歌》《长江丛刊》《诗歌地理》等刊物上发表过诗歌。诗作入选《中国首部 90 后诗选》《湖北诗歌年选》《青年诗歌年鉴》等。2016 年获《北方作家》年度青年诗歌奖，2019 年获《中国汉诗》年度优秀青年诗人奖。出版有诗集《落花人独立》。

康承佳的诗

姐　姐

无从问起你内心的隐秘
自从有了孩子之后
你更喜欢被称作母亲
你说，所有的事物都将
被日子消耗
但麦子还是会在来年返青
下雪的时候，我们几乎
同时有了睡意
就像小时候一样
分享一床被子。而如今
更多时候你会背过身去
听风挂在树上
像是遥远的哭泣
土地和灯盏
依然是那么安静

阿尔茨海默症

然后，祖母真的累了
收起针线，收起她
缝缝补补的晚年
一个人坐在门口石阶上
等她的老伴儿，也没了兴致
再和儿孙们聊起
与祖父相识的那个秋天

祖父拖着整个村庄的影子回来
放下锄头，从头开始
和祖母再认识一遍
此时群鸟归巢，流水
收留了路过的倒影
夕阳静默地
交出决明子和远山

父　亲

冬天里，目之所及的都在消瘦
尤其是远山、大地以及鸟影
保持一种忍耐的姿态

才能抓住，降临在头顶的雾气

万物，也在为自己寂静
即使无风的日子，也冷
温度回收到台阶之下。冬眠的
昆虫比我们要早知道这些

犹如给梧桐在体内
又种上一圈年轮，父亲卸下
肩头麻袋又扛起弟弟
高高举过头顶，落在他头上的雪
从此便没再消融下去

康承佳，女，90后，重庆人，毕业于武汉大学。曾获第三十六届全国大学生樱花诗歌邀请赛特等奖、青春文学“最佳青春诗歌奖”、2019全球华语大学生短诗大赛“年度诗人”奖等奖项，曾参加第十一届中国·星星大学生诗歌夏令营，作品偶有发表，散见于《诗刊》《扬子江诗刊》《草堂》《星星》等。

赖咸院的诗

坑背村诗篇（节选）

1

去坑背村的人，不是亲人
就是走亲的人，他们向往大城市
见过灯红酒绿
当一株稻穗成熟的时候
一些人回来了，另一些人
回不来，他们还在外面打拼
活在疲惫中，并在疲惫中想念着坑背村
对于家乡的只言片语
他们牢牢记在心里
他们渴望稻穗可以将他们拉回
日渐远去的眼光中，缓缓爬过
一群蚂蚁，它们走在坑背村
像是在等待认亲的人

2

1998 年洪水漫过坑背村
我紧紧抓住一株草才得以生还
门前的梨树被连根拔起
葬身滚滚洪水中
这已经是多年不再提及的事情了
如今，梨树改换成了桃树
当春天来临时
它便穿上红棉袄
盘卧在村头的一块石头
当年洪水远远地绕开了它
如今，村里的花花草草
仍然不愿意在它身边
多停留一会儿

3

此刻，坑背村灯影婆娑
此刻，坑背村把远方交给了远方
黄昏里，我把满身的泥巴
一遍又一遍地往地上甩
然后，投奔到河里拼命擦拭
黝黑的身板被我擦出
一道道血痕，坑背村河水依旧清澈

石头沉在河底
还保持着多年前的模样
至此，我相信自己回家了
污垢清洗干净了
只等我喊醒睡梦中的种子
让它们在春风中
撒满坑背村的每一个角落
只等秋天赶紧来到

赖咸院，1988年12月生，江西萍乡人。江西省作家协会会员，江西公安文联理事。作品刊于《诗刊》《星星》《人民日报》《诗歌月刊》《诗选刊》《绿风》等，入选2015年度中国好诗榜等。著有诗集《一个人的安源》。

李晨的诗

我和我

十一月
我再一次被抛弃在深秋
与被丢弃的二十三个我第一次相遇

被抛弃的我们一起走
手牵着手分割了田垄
我们呼唤彼此的名字
重复的音节惊醒了沉睡的白虎

城市碾碎了我们的身体
为滋养来年的冬小麦
将其倾倒进黄土

我看到我曾经的笑容
绽开在一支摇曳的穗子上

我们向下沉
沉到能够忍受未来六十年的风的掠夺的黄泉

等待下一个被抛弃的我

过去的我和未来的我牵着手
将我们的名字编进一首失传的歌谣
对着彼此对着天空
嬉闹着
惊醒林中沉睡的白虎

李晨，女，回族，生于1994年4月18日。现为北京师范大学珠海校区在读研究生。

李雨融的诗

捡　拾

我看到过一个人摔倒的影子
我看到太阳，从空中掉下
看到飞鸟的翅膀，被拍扁
嵌进黑夜的掌心。我必须有一个
弯腰的姿势，才能从翻滚的草浪里
分出一条小径
才能从万家灯火里
找回一盏虚无的灯火
这世间充满遗忘的阴影
而我无所事事，捡拾为生

图书馆之夜

它们趴在书架上

像一座山里
住着的无数灵魂
它们无所事事
就在书页里生活
杀恨，自设陷阱
最终给自己一个结局

李雨融，女，汉族，2003 年 8 月出生，现居深圳，就读于深圳实验学校。在《南方日报》《十月小文学》等多种报刊发表作品，曾获小学生诗歌节现场总决赛一等奖、冰心作文奖等数十种奖项，有诗歌入选《孩子们的诗》《涟源十年文学作品选》《悦作文》《我的歌声，让天空不再寂寞》等选本。著有诗集《雨声》。

刘金祥的诗

沉默的语言

在刘家村的孤独城堡里
我喜欢和那些慈眉善目的老人
坐在一起，谈论村里的收成和变化
也说说外面发生的一些事情
一个老人说到村里的人越来越少
微微颤抖，眼睛有些潮湿
另一个老人急忙插进话来
说我是村里的骄傲
而我被钉在那里，说不出半个字

刘金祥，男，汉族，1992年2月出生，现居湖北宜昌，湖北省作家协会会员。作品见于《人民日报》《中国诗歌》《散文诗》等报刊。曾获樱花诗赛奖、全球华语短诗大赛奖、“诗咏湘家荡”全国征文奖等，作品收入多种选本，出版诗集《缝纫机上的母亲》等。

刘雨欣的诗

致橡树

若我爱你
这火烧燎原
如血如炬如旗
必得要你看见

若我不爱了
这赤裸裸的铜枝铁干
燃尽了的骨架
便一齐刺入我们的心口去罢

东湖对影

洋紫荆的影子
从水底涌现
另一个世界的海市蜃楼

奥菲莉娅的躯体与阿多尼斯的影子
在水底各自做梦
她的爱情与他的青春得以保鲜
剩下的尘杂
蒸发，凝结，纳入世人的呼吸

把所有记忆折射
把泥沙哺成珍珠
他们吐纳的水汽包围了我
连我步行时忽然的叹息
都织成你仰望时头顶的卷云

刘雨欣，女，汉族，1998 年 1 月生，福建福州人。现就读于中山大学管理学院。作品散见于《诗歌地理》《中国校园文学》《年轻人》《中学生博览》等刊物。

隆莺舞的诗

分　类

渔民走入城市
在校园的垃圾桶旁，瘦骨如柴
口罩挂在下巴上
在校道上离岗保安的椅子上
他沉默垂钓
钓上来的食物裹着玻璃碴
对，此前鱼腹已经常常孕育塑料
他走出城市的理由令他走进校园
见惯海浪、将海上生物分类的皮肤黝黑者
在这里听说人们开始了垃圾分类
又听说失败了
有一天他准得领着一支队伍回到海上去
他想着
一排分作螃蟹组
一排分作鱼虾组

他用指节在凳腿边一下下敲打
海，生养了这么多繁忙的生物

崭新的亲戚

周末
去认一个崭新的亲戚
结束后致电妈妈
说哥哥早已被美貌和娇气的女人俘虏
这个道理我早就告诉你了
妈妈说。关于爱情种种
我都会骗你
在你长大以前

隆莺舞，女，壮族，1993 年 3 月生，广西靖西人，广西民族大学在读研究生，广西作家协会会员。作品散见于《民族文学》《长江文艺》《扬子江诗刊》《西部》《延河》《广西文学》《红岩》《汉诗》《滇池》《红豆》《南方文学》等刊物。曾获首届广西壮族作家年度新人奖。

彭珂的诗

一颗花苞

如果你是一颗花苞
随风飘摇
名字不叫悬铃
但并不开放永不开放

好似一只夜莺
在最美的月光下沉默到天明
沉默到苍老
只是一颗花苞

冬天来了
大树忘记了曾经的香影
但总记得这颗永不开放的花苞
她内心的痛楚与呼喊
她表露的沉默与忧伤

彭珂，女，土家族，1990 年 5 月生，笔名游弋，曾用笔名旷野无人，湖南省湘西州保靖县人，2012 年加入常德市诗歌协会，2017 年加入湘西州作家协会。在《神地》《湖南文学》等刊物发表作品。

任薇的诗

那场雨

六年前的那场雨
把我带向了你
六年后的我们
都已然忘了那场雨
后来我也遇到了很多的雨天
可是躲了那么久的雨
雨会不会也很难过

任薇，女，毛南族，1999 年 8 月出生，现为广西师范大学文学院学生。

谭青青的诗

透明的杯子

这是一个透明的杯子
它有许多彩色的同伴
透明的身体显得格格不入
仿佛自己的五脏六腑都被看透
它渴望着
倒入不同颜色的液体
这样才有别样的外衣

它们被摆放到窗边
阳光穿不透彩色的杯子
它却折射出斑斓的颜色
无数彩色的蝴蝶在它心中飞翔
想要拥有一切美好
先要相信自己，再拥抱太阳

谭青青，女，土家族，1997 年 2 月生，湖北大学文艺学研究生。曾就读湖北作家协会创办的诗歌研修班，多次在诗歌散文类征文比赛中获奖。

唐鸿南的诗

作雅村

作雅村，很小。
但这里的黎歌很大，就像一首首黎歌的喉咙那么大。
这个人人都会唱歌的村寨，黎歌会唱黎话，会唱普通话，还会唱海南汉话。
泡在黎歌里的这些黎人，还会喝酒，
喝播种的酒，喝收获的酒，喝开心的酒，喝愁闷的酒，喝敬人敬神的酒，喝谢天谢地的酒……
早在酒里煮熟了的男人和女人啊，唱关于白天和黑夜的黎歌，脱口就来，张嘴就唱。
他们说，一个人就是一首歌。要唱就像夜莺的声音那样明朗，要唱就像祖先的天空那般辽阔。
男人和女人并着肩唱，黎话和汉话混搭着唱，四亲调和千家调分合着唱，纯白酒和山兰酒碰撞着唱……
啊，这个被黎歌养大的黎寨，每个人都是黎母山情韵流淌的清晨，每个人都是五指山脚下喷涌的河流……

唐鸿南，黎族，1985年生于海南岛。中国少数民族作家协会会员，海南省作家协会会员，琼中县作家协会副主席。鲁迅文学院少数民族文学创作班学员。散文诗集《一个黎人的心经》入选中国作协少数民族文学重点作品扶持项目。曾参加第十二届全国散文诗笔会。

凌婷婷的诗

窗之剪影

我们不是画家，
却也拥有，
一块透明的画布，
记录不加修饰的风景。

四季变换的自然，
热闹繁华的街道，
形形色色的路人，
还有，我们熟悉或陌生的一角。

固定或随机的地点，
自定义的视角，
不加策划的转身，
便是，沁人心脾的剪影。

是我们装饰了窗，
还是窗粉饰了我们的眼帘？

我想，这已经不重要了，
因为，抬头就有风景。

凌婷婷，女，汉族，生于 1997 年 12 月 10 日，现就读于广西师范大学。

棠棣的诗

写给祖父

春小麦抽了新芽，新得好像
多年前田间你的脚步和春天的模样
将自己埋葬在三间瓦房之后
你在华北平原上踱步和瞭望，偶尔与我朗声交谈：
孩子，翻过那些山岭，就是一个神奇的津渡。

我们从门前歪着脖子的大树开始，千里奔袭
风里衣袂翻飞，你提笔便写
有人持剑云中来，独成一支军，有人素手撕红裳，凤冠对情郎
你把榫卯磨下的碎屑当作长夜星辰，你说萧瑟的秋景都是玄学

你的声音慢慢稀薄成一缕，而暮色渐起
我心驰神往，沿着你来时的路找寻一个踪迹
而背影与浮云一样飘摇渺茫，向我低语：不必追

孩子，翻过这座山岭，就是一个神奇的津渡

十九年的血脉太长，而数千年的
人类农耕史又太短太短
春小麦抽了新芽，新得好像
冬雪里腐朽在根下的，沉默的秸秆

棠棣，本名汉雨棣，女，生于 1998 年 10 月，祖籍河南。驻马店市作家协会、诗歌协会会员。

韦媛的诗

回　家

漫步乡间小道
故土的快乐掠过嘴角
眼里的笃定似曾相识
我开始怀念夏夜蛙鸣
宁静中带来喧嚣

等　待

带着希冀与忐忑
我们离去
留下贝江和狗
望眼欲穿
它们在等
故人的归来

哪怕故人
再不回头

韦媛，女，苗族，广西融水苗族自治县人，生于 1998 年 4 月 4 日。现为广西师范大学文学院学生。

马月林的诗

许你灿若星河

历经一世浮华
你的眼中依旧保留些许明净
洗尽铅华
你仍然是那个相信童话的男孩
她走了悄无声息
但你还在这里
回望过往
你有无限悔意
愿把世界都留给最美好的她
你说过一万年太久
只争朝夕
我却说
岁月不够
盼她爱你依旧
不愿你浮生若梦

只许你灿若星河

马月林，生于 1999 年 10 月 23 日，现就读于广西师范大学。

汪亚萍的诗

一滴水融入更深的水

一定有这么一个时候，我们面对湖
和垂柳一起，还原成草木本身
深冬，夕光一寸寸渡过来
把湖水冲击岸石的喧嚣
慢慢熨平，再熨平

湖水的不安，以及深深的震恸
从没有刻意隐藏
为了不再听见，我们愧为草木
重新变回人，在岸上逃离

落日是一个灼目的真相
被目送，沉入湖泊
这多么像一滴水，融入更深的水

总要相信

总要相信，我看到的植被、动物与人们
是从一场大梦醒来
意外收获新的生命

每一秒，都有无法言说的重

汪亚萍，女，汉族，1995 年 2 月生，江西省作家协会会员。入围第三届中国青年诗人奖，获 2019 全球华语短诗大赛年度诗人提名奖、首届师陀小说奖优秀作品奖。作品见于《作品》《星火》《诗潮》《飞天》《椰城》《中国诗歌》等刊物及一些诗歌年选。十六岁时出版小说《纯美的爱情》。

王惠婷的诗

寻 觅

黑暗弥漫
追寻不到一缕微光
一个人安静地
守在荆棘丛生的沙漠
等待着花开

你像一只追随着微风的巨鹿
视线里蒙着一层雾气
奔跑在无限宇宙
横冲直撞进这无限虚空
遇见一片混沌

光景半生荒梦十年
夜依旧花未开
我在这黑夜里遇见
披着一袭月色的你

你化成一颗火种
撕裂黑色的幕布
光亮如潮水般袭来
我遇见一片花海

王惠婷，女，汉族，生于2001年6月29日，现就读于广西师范大学。

夏秋冬的诗

四月的信

——给×

亲爱的，你敲门时，栀子花正在枯萎。
白天我穿过广场，就已经下起一些雨，
发现四月已不是上一个下雨的四月了。
现在你潮湿的雨伞靠着镜子，不停地

滴水。你看见了吗？你还能看见水珠
饱满的形状吗？亲爱的，此刻我有些
叫不出你的名字，镜子里面你的模样
更让我觉得熟悉。那时爬上楼顶等待

日出的你和我，正被高处的风环绕着，
探出额头，俯视现在我们对坐的距离。
黑咖啡一点点变凉，那些渐次消失的，
还会再度降临。其实可以不必来看我，
写封信，让我对你想说的话一直好奇。

夏秋冬，本名何婷，1994 年生，云南大理人。毕业于广西民族大学文学院。现居南宁。

肖粮平的诗

湖南人

我顺着地球的起源，走进家园
中国地图上的家园，像人的轮廓
轮廓里，一段段传奇，纷纷而来
我走上历史的青石路
诗赋，服饰，稻粟，香茗，陶瓷
像一个明媚的舞女
提着轻盈的裙摆，徐徐展开
已经徐娘半老
却依然鲜活在历史的窗格里
照亮每一个灰暗的心灵
注入咚咚咚跳动的力量

我于太古纪走来
我于这块土地降临
从母亲丰腴的身体里吸取营养
从她日益消瘦的怀里

成长为一个流着湖湘血脉的人
大家说着，你是蛮夷的湖南人
血液里是野性的吼叫
我于湖水之中，叫唤着我的名姓
是谁冲破云层，带来回声
吹动了庭院里翠绿的竹叶

湖湘胜地，地上长出来的根基与文脉
我意图挑起老祖父斑驳的扁担
顺着它，一路走下去

肖粮平，女，汉族，生于 1997 年 1 月，现就读于北京师范大学。

萧逸帆的诗

地上的星辰

好大一堆干柴
猛烈冲天燃烧
噼啪声鼓起掌来
人们围火而坐
在彼此脸上借火取暖
拨动最后一根柴薪
微颤的火苗熄灭
他们拍拍身上的灰尘
歌声渐渐远去
一阵风微微吹
醒了！醒了！
掀开灰烬的被褥
红彤彤的眼睛
愈睁愈大
他们瞧着黑夜

发出爱的讯号
天上的星辰
遥遥呼应
尽管短暂
温暖是一样的
一小点便会亮起

萧逸帆，本名陈智鹏，男，汉族，出生于1992年11月17日，湖南娄底人。诗人、英语老师、译者。作品散见于报刊，翻译诗集多部，作品曾入选权威年度选本。曾获中国白天鹅诗歌奖、广西网络文学奖诗歌奖、中国新写实主义诗歌奖等奖项。著有诗集《逸步轶诗》。

谢扬洁的诗

有风的夜晚

今夜在阳台上
有风
适宜的温度
吹得人默不作声

长发不断地在飘
而星空闪烁
我不知道它要飘往何处
抬头望天空
似乎够不到银河

四下里
灯火落寞
有风的夜晚
你不在

唯有满耳蛙声

谢扬洁，女，汉族，出生于 2000 年 6 月 2 日，现为广西师范大学学生。

杨晓兰的诗

夜

漆黑的夜晚，
工厂在城市里嘶鸣，
打破了这夜的静谧。

星星，
这夜的使者，
在天街漫游，
为黑夜精灵掌灯。

离家之际

人的一生，
总要有那么几次远行。

要离家了，

母亲准备好了饭食和满嘴的“唠叨”，
父亲拾掇好了孩子远行的背包，
爷爷奶奶寄托了明日的希冀，
兄弟姐妹们写下了满满的寄语。

离家了，
面向朝阳，
孩子载着亲人的梦想出发了。

杨晓兰，女，汉族，1998 年 11 月出生，四川渠县人，现就读于广西师范大学。

原梦田的诗

你在我远方的梦里

你是一座不能触及的深山，
只能遥遥对望；
你是一场细碎的雨，
洒在了我梦的远方。

是谁按捺住心跳，
聆听着花季渐行渐远的声音；
是谁在不眠的夜里，
埋葬了那一朵幽兰。

每一次停顿都孕育星星的渴盼，
每一次思念都搅动鸟儿的遐想。

然我最深最深的梦啊，
似那黑夜里待放的睡莲，
三月的烟雨如此缠绵，
一地的纠葛在肆意生长。

你是否在我远方的梦里，
用心修剪理还乱的藤蔓？

原梦田，笔名源源，女，汉族，河南鹤壁人，95后，现就读于商丘师范学院汉语言文学专业。曾获第十一、十二届全国大学生文学作品大赛一等奖，河南省第十五届大学生科技文化节诗歌组一等奖。

吴蓉的诗

白色球衣

那天，路上
你一身白色球衣向我
挥手、祝福、微笑
消失在街角
从此，路上
每件白色球衣都在向我
挥手、呼喊、微笑
我急着跑去重逢
它却又
消失在街角
一件件地消失
在那个街角

吴蓉，1992 年 5 月出生，现居湖南凤凰古城，从事中学教学工作。

吴子璇的诗

我爱这残酷的人间

我爱这残酷的人间
爱那些失败者的永不认命
我爱你之为你

很久没有见你了，心底也就缺了一角
雨水填了进来，落红填了进来，泡沫
也填了进来。荒芜或许是一道风景

也许荒芜指向另一种美好
在这个慢慢沦陷的世界里
它节省了一些寂寞，和悲伤

我爱你的不完美
就像爱这个不完美的世界
这个不完美的春天

骑　马

春天落在草坪上
我骑着马，莞尔一笑
红色的裙角轻轻飘动
梦在体内起伏

你在身后紧跟着
山峦羞涩躲开
这个阳光明媚的午后
爱情疯狂地奔跑

我慢下步伐
躺在一朵白云里
呼吸着想象的芬芳
任鸟鸣穿梭

吴子璇，生于1996年9月，教师、作家。作品发表于《草堂》《少年文学》《诗歌月刊》《诗潮》《广州文艺》《南腔北调》等刊物，著有诗集《玫瑰语法》等，主编出版《中国青年女诗人诗选》等合集，曾获东荡子诗歌奖、深圳红棉文学奖等荣誉。

武雨花的诗

流　浪

我是从树巅跌下的叶子
腐朽和泥土一起

今夜我在陌生的地域
流着陌生的泪

冷风就像酒
是最凉薄的消遣

城市的灯光流淌着繁荣
城市处处是流浪者的歌

武雨花，1997 年 11 月 2 日出生于山西省祁县。现就读于中南大学湘雅口腔医学院。

李梦馨的诗

白桦树下的思念

仍记得那个冬日里的告别
没有拥抱和亲吻
雪地上渐渐远去的两串脚印
是我们苦恋无果的结果
曾经树下的誓言只有风知道

没有你的白桦树下
是一个勇往直前的我
冰雪和冷风可以随意肆虐
它知我已失去你
但如今的我有着白桦的坚韧
因为我已失去你

我知我身无懈可击
我知我心已坚如磐石
直至再次相遇白桦树下

一切都才明了
思念的狂潮席卷了我的海湾
一败涂地

李梦馨，女，就读于广西师范大学文学院。

郑晓菲的诗

冬

流言
四处逃窜
被封杀在一个路口
秘密，已经不再是秘密
树干，光裸着誓言
眼眸里干净到清冽

故事不再扩散
任根系紧紧抓住土壤
在心思深埋

不要再惊动
阳光铺成一条白绢
漫天飞雪，飘舞飞旋
当你不再落泪感伤
心中眷恋已深

目光延伸着旅途
冰湖光洁的面颊
几座山峦画上褶皱的纹理
生命，由一阵风牵引
冬，在大地的臂弯里
似睡非睡

郑晓菲，女，汉族，广西师范大学文学院本科生。

赵健男的诗

鲸　鸣

那来自深海的声音
凄冷，孤寂
哀远而惆怅
它是拥有魔力吗？
将我深深震撼
将我牢牢吸引

我不知道远古的人类从何而来
我想
可能就是这深邃的海洋吧

鲸鸣
一声声的呼唤
将我牵引

人生

就是由此岸到彼岸的旅行
一生便是在遨游

赵健男，男，汉族，广西师范大学文学院本科生。

郭涛的诗

思　念

我今天才知道
思念太多是会化成雨的
我今天才发现
念想太多是会变成泪的
皆说离开云淡风轻
是否背后藏着乌云
家的那一边阳光满地
而我的这一边
却大雨滂沱
泪打衣衫

郭涛，女，汉族，广西师范大学文学院本科生。

何张颖的诗

想要一个晴天

门外的树叶湿了
雨水滴答滴答
风儿吹呀吹呀
都说这初春的雨是极好的
我看它倒是恼人得紧
身上的白裙子沾了泥巴
小皮鞋也浸着雨水
我不能踩着阳光歪头对你笑了
想要一个晴天
在一个晴天
去见你

何张颖，女，汉族，广西师范大学文学院本科生。

潘思羽的诗

在阴雨的日子里

绑架太阳的阴沉的雨
刺骨的冬侵占呼吸
需要一个穿着阳光的你
拥抱单薄摇晃的身影
轻吻发上的雨滴
流出心安的呢喃
一切都会好起来哩

如果落叶只有哀吟
聆听雨绽放的声音
感受雨在耳边的呼吸
抱紧以风为伴的自己
触碰温软的手心
轻哼梦里的低吟
湿漉漉的眼瞳藏不住期盼

那余生的小太阳
甘之如饴

潘思羽，女，汉族，广西师范大学文学院本科生。

黄润兰的诗

杯中的茶

生活是个金贵的瓷器，美丽而易碎
我们是壶中的茶叶
当水刚冲进杯中时热情洋溢，蹦蹦跳跳
后来，渐渐沉没，渐渐沉默
我们的一切精华，浸润在茶水里
当你品尝到命运的清醇悠香
请勿忘茶渣的悲伤！

曼珠和沙华

忘川是条思念之河
滚滚波涛涌动着寂寞的清泪
生生不息繁衍着爱情的荒谬
河畔的你我各自苦守无望之约

任由回忆的碎片割破理智
三生石不知我们的誓言
因为那些爱意化成了养分
滋润我们荒凉的人生

黄润兰，笔名落花无痕，生于 1995 年，现居广东东莞。

齐林燕的诗

最熟悉的陌生人

时间是个面甜心苦的哑巴
一动不动，从来也不说话
却悄悄盗走了那么多故事
我拿着小熊，张望着来时的路
昨夜又下了一场大雨
河里的泥鳅都已经长大
麻虾也开始张牙舞爪地狂欢
小东家的梨树挂满了果
村口的小黄又追着我咬
隔壁的爷爷前两天去了很远的地方
我想找你们捉鱼摸虾、说说悄悄话
可你们隐匿在成人的角落里
一动不动，像黑暗的影子
贴在屋瓦上，不露声色
拔罐子一般，丢掉了过往

留下一片陌生的潮红

齐林燕，女，1997 年 4 月生，汉族。作品散见于《文化参考报》《中华文学》《岭南文学》等报刊。

雨榆的诗

一块抹布的使命

洁白的身躯
探探头，看见了一个干净的世界
欢快地在水里跳动
不顾水的万般阻挠
闯进了这个干净的世界
可惜天生洁癖的它
容不下一丝尘埃
所到之处光彩明亮
却背负了一身骂名
拖着委屈向水诉苦
水于心不忍把这份苦默默收下
它再次离开
去了它向往的干净的世界
但它还是一身狼狈回到了水的怀抱
周而复始

它终究没能擦亮这个干净的世界

雨榆，本名张瑜，女，生于 1996 年 8 月，广东人，本科学历。曾获广东省第二届环保诗歌大赛最佳网络人气奖。

严梦思的诗

秋　雨

秋雨
烟雨朦胧的下午
踏过青石板路
水花渐渐淹没了低语
一股凉意从脚底蔓延到小脑处
秋雨
无声的呼吸
迷惘让我丧失思考的能力
撕碎我的是秋叶迟暮的深意
还是岁月流逝的哀思
秋雨
徘徊在门前的大道上
依稀看到你的嘴角上扬
一声谢谢满目沧桑
西风和我一起回到宁静的地方

严梦思，女，1998年12月出生于河南。现就读于洛阳师范学院汉语言文学专业。曾获全国大学生聂绀弩杯诗词大赛优秀奖、第十六届河南省大学生科技文化艺术节征文大赛三等奖。

仇旻珺的诗

网球场

阳光无处可去
把网球场飘浮的空气烘干
我无处可去
没有一个角落能使我潮润地呼吸

暑热将舌头伸进高高栏网的缝隙试探
舔舐尽我最后一点水分
城市也失水了

我抓住掉落在蓝色地面的绿色网球
恍惚间
误以为自己抓住的是
网球场上
蓝天绿树的每一帧

仇旻珺，1999 年 10 月生，满族，湖南人。诗歌作品曾获冰心青少年文学大赛大学组二等奖。

黎心悦的诗

看不见的光

那束纤细的光，
穿过宇宙的深渊，
大气层的污浊，
树间浓稠的缝隙，
欢快地，
雀跃地，
撞进你的怀抱，
像流星。

炸裂的星光，
四散而去。

你却以为，
看到了遥不可及的，
冷月。

注：物理学中，人眼之所以能看到物体是因为光对物的反射。

黎心悦，女，1996年生，毕业于广州体育学院体育经济专业，本科学历。

蒋春晖的诗

一瓣橘心

家人都爱吃橘子
不像柚子包裹棉被般的外衣
也不像橙子皮肉相连
松松剥离的瓣瓣橘心
在阳光下，在手掌上，在嘴角边
闪出可爱的亮黄

大人正摊开橘皮晾晒
经验说这是去腥味儿的绝好佐料
我咬了一口新鲜的橘皮，苦涩
让我怀念那些橘心，于是开始许愿
愿你将来也拥有结实的皮肉
可你总说
不需要厚实的防御，也不需要紧紧纠缠
我的兄弟姐妹
曾经的相拥取暖已经足够

该分离的时候
轻易地离开也许会
更潇洒

我看到我的这瓣橘心
也还是香甜的模样

蒋春晖，女，1995年3月9日生，2016年毕业于中南民族大学汉语言文学专业。曾获第五届“包商银行杯”全国高校征文诗歌类优秀奖、湖北省高校第十三届新青年小说大赛三等奖、武汉十高校“仰望杯”原创文学作品大赛二等奖等奖项。

第七辑

东北地区青年诗人

彭流萍的诗

英雄挽歌

清明，犹如一场永远没有主角的重逢
有人永远在等
头枕山河入梦的英雄
凋谢的时光重新盛开
每朵啼血的杜鹃都暗藏火热和狂野
跳动的烈焰
燃烧着人间不愿放手的昨天

当远方的亲人抱着一滴雨痛哭
浪花泣泪，大河奔流
淘不尽的是千古悠悠的思念
是的，清明，一个面带忧伤的词
任凭雨的子弹射向炊烟袅袅的阵地
水面上的筛子，仍无法滤出太阳
清明，是星星与月亮的相聚
京郊英烈墙的墙根儿底下

豆大的烛火闪烁着永不熄灭的哀思
它来自英雄日思夜想的亲密爱人
英雄，抑或海东青、凤凰
腐烂的羽毛闪着不朽的光。英雄的名字带刀，带矛，带戟
每一笔都镌刻着根深蒂固的疼

英雄，宛如电影。他或她
此生唯一的主角
英雄在如画的江山演绎生平最美
最慷慨，最悲壮的结局……
英雄，一部满载殇的永生无法解构的史诗
又像雪域高原，那洁白无声的歌
青山、河流、大海！绿草、野花
大地宛如一张灵动、优美的五线谱
潺潺流水疑似那清澈的辅音
穿过时空，无端将往事击伤
当幸福的人吟唱那带血的词
仿佛有人在丛中笑——

彭流萍，男，汉族，1987 年 9 月生于江西大余，现役军人。在《解放军文艺》《上海文学》《安徽文学》《星星》《诗歌月刊》《诗选刊》《延河》《散文诗》《解放军报》《中国国防报》《中国文化报》等报刊发表大量诗歌、长篇通讯和报告文学。曾获中央军委政治工作部、《解放军报》社和《人民文学》征文奖、第八届蓝天文艺创作奖等。代表作有长诗《血脐——献给黄河》《一条在沸鼎中奔跑的马鞭》《汨罗江》《水颂》《丝路赞歌》《仓央嘉措情歌系列》等。

段进宇的诗

春　天

我把树枝轻轻折下
想把我的春天分享给它
我想张开双臂感受阳光
触碰到的只有围墙
春风拂在身上真是舒畅
我却不得不加紧步伐

春天的船就要启航
我的船票在哪？
噢，对了
我没有船票

我的春天呵
快快走吧
你在这里只能制造惆怅
我把你介绍给那折下的树枝

它却说我把冬天带给了它
我的春天呵
你又是如此冰凉

段进宇，男，汉族，2000 年 10 月 16 日出生，内蒙古人。现就读于吉林大学。

逢雨的诗

迷迭香

昨夜，秋天的梦境不明就里地闭合
叫我游离枕畔，寻找另一双
清醒着的眼睛——于是，你的出现没有显得
令人慌乱，反而带来午夜的光芒
折射出微笑的水滴。

“离开多久，才能取回这些永恒的纪念?”
十月的隐喻没有瓜熟蒂落，一切
还暗藏着春的生涩。
但那是另一个故事的结尾，却与我
所知的情节惊奇地相似。

是巧合么? 还是我们的生活就重叠在一部
罗曼蒂克式的影片当中
那些选择的正解，最终也没能跳出你拘谨的嘴唇
目光再次从白纸上消散，正如每个夜晚

月影都在树枝间徘徊。

是否该让忧郁的记忆，在你头脑中睡去
是否不再越过铭刻岁月的矮墙
重拾爱之玫瑰——尽管那不是属于我的花蕾
但依旧提醒着旧时。可能，我只是染上了
时间的霍乱，却要独自驶入那片被放逐的海域。

逢雨，本名谢其政，男，满族，1996 年 4 月生，毕业于中国社会科学院，现居辽宁本溪。曾获第三十五届樱花诗赛三等奖、第三届国际诗酒文化大会征文大赛铜奖（校园组），著有诗集《社会学入门》。

姜士冬的诗

孤　岛

请你静下来，在尘世中坐好
不要抖腿和心不在焉
请你闭上眼睛，关注呼吸

你不说爱，鱼在水里游
提及一颗苍耳，带到哪里
哪里就是生根的地方

有时，我不愿说话，不想动
一个念头都不想。按部就班
连眼泪也不舍得流

怕我一个举措，就让所有伪装
都摘掉面具。让风刮破掌心

怕我一说爱，湖面就结冰

鱼在水里游，水在身体里摇晃

我是山峦也是孤独的岛屿

姜士冬，男，汉族，1999 年生。吉林省作家协会会员，《画刊国学》杂志编委。有作品发表于《意林》《少男少女》《少年时代》《漫画周刊》《中国青年作家报》《中国少年儿童》《中国金融文化》《中国煤炭报》等报刊。现为长春师范大学文学院学生。

李文杰的诗

九月，感谢活着

1

没有谁愿意和一个悲剧处对象
还是抓紧把自己扮成喜剧吧

2

天若放下你
你要学会动用大地的手指
替你写诗

3

假如只给我三天生命
我只能拿出义无反顾的气势

踩下不灭的脚印

4

今天
大地以我为荣
明天
我要让那些提前凋落的叶子
反复看着我绿

5

堂堂一男儿
吃下“文弱”一词
随即让笑容擎天
让天上星辰
纷纷想做你的恋人

6

九月
灯光依然迷人
我感谢活着的每一天

李文杰，男，汉族，1993 年 4 月 8 日生，现居吉林长春。

李英的诗

芽　色

南风缓缓吹来
心头的白雪一点点融化
成了小溪里的一点涟漪
在你的身边浅浅游荡
河畔的青草从近处绵延到山的那边
和微风一同去到遥远的故乡
那里一定
桃花缤纷　粉红了衣裳

路旁的白杨
褪去沧桑
换一身翠绿的华裳
新抽的嫩芽在春风里迅速生长
转眼就是一片绿意盎然
微醺的暖风里
苏醒的还有漫山遍野的小草

熬过漫长的冬
终于在轮回里又迎来崭新的生命
这盛放的季节
南回的雁
于匆忙的来去间
于碧海蓝天间
携回一缕芽色
洒在苍凉的田野里
用等待
演绎一场生命的盛宴

李英，女，汉族，1991年8月出生，现居吉林省农安县。

孙在旭的诗

声　音

多久没听见邻居的吵架声
和小孩的哭声了
男人摔门而去
和女人独自哭泣的声音
也没了
整栋楼静悄悄的
是夜
幸福的声音
回来了

孙在旭，20 世纪 80 年代生于沈阳。有作品入选《诗潮》《青年诗歌年鉴》《长江诗报》《湖北文学》《小小说月刊》《作家联盟》等报刊、选本。现居沈阳。

安扬的诗

一匹动物的流放

两条狗坐在酒馆里
一只从松鼠的店来
一只在等刺猬
被放逐的狐狸在写诗
狼卧在它身边
等着听一个结局不好的故事

店里来过三个人
沥青色皮毛的狗没有作声
第一个人的气味像郁金香
第二个人来得仓促
是风尘夹烟草
在温室里有点好闻
第三个人是漾蓝色的奶香味
它们曾谈论生命
架子上的木格板在聊天

黑色的一块松了
白色的歪着脸笑它

柴犬今天喝醉了
刺猬明天回来

安扬，男，汉族，2000年1月1日生，现就读于吉林大学文学院。河北省衡水市作家协会会员，朔风文学社社员，曾获第三届北大培文杯征文大赛二等奖、语文报杯征文大赛二等奖等奖项，多篇小说发表于《青春》《小小说月刊》《当代人》等刊物，现代诗作品曾入选《青年诗歌年鉴》《零零诗选2019》。

薄又铖的诗

遇　见

人海汪洋中我们轻易地沉浮直到
碰巧分享同一片深色的树荫
你的眼眸闪过竟透出暌违的阳光
海水夹道犹如两堵高墙

你也是出走远行吗？
四海为家惯于羁旅
当辽远的秋意刚好褪去半树葱茏
微笑如半部未完的故事
留我揣测的纷杂头绪

栀子归去你手心花瓣羞怯地绽开
难道刻于命运的阡陌深如沟壑的款款期许
只合以终生飘零的叶落承载？
我开不了口构想恰当的隐喻

你已浅浅归去沿着海水的边际

薄又铖，男，汉族，出生于河南省平顶山市，现就读于吉林大学文学院。

陈陈相因的诗

与水母书

就松手吧。在深蓝的赘述中
熄灭哀艳的经络，从趾踩出
吻水的步履。细语的空拳
舒卷雾缎之身。波浪似帷纱
发福的伞具披头散发，漾漾的
霓裳牵连几束断肠降落

光滑的头颅恰似忽闪忽闪的
鼓，你这败家的果冻磨蹭地
挤入辉煌的群架。雪媚娘的
幔帐抖擞，为海调弦。花菇
银耳，或透明浆果。沉沦的
纤云支起幽邃的宫殿，张灯
挂彩练，温习民族舞

天问是生来的泳姿。你整日与

浮光辩论，为大船的脚做足疗
妄想着岸。虹洗过蕾丝婴儿帽的
躯干。你用忐忑，用心跳
游荡，训练移民九霄
水母呦，无物许我们终生紧握
多一次放弃就多一次婆娑

陈陈相因，女，汉族，1998年9月2日生，现就读于吉林大学。作品散见于《诗刊》《青春》《诗林》《长春日报》等刊物，曾出版个人文集《以梦为马》。

李妍婧的诗

风　声

荒芜将荒原慢慢荒凉
秋天草木皆兵
假以这露水的子弹
朔风紧紧攥着枯枝的脖颈
叶儿只晓得鬼哭狼嚎
飘零的人鞋带一路往南方
浪荡的人一直浪荡
横陈于马路中央的死去的燕子啊
你也如同我一样
被时令丢弃在时间外面
没有人打扫吗

凋　零

我雕刻每一片看过的天空

打磨暗夜里的每一声叹息
把它风干
偷偷压扁在书的缝隙里
等你偶然翻起
落在井里
可会有半朵涟漪?
里面簇簇涌动的
不是火苗
是我冻透了的灵魂
盛满星子

李妍婧，1998 年 9 月生，汉族，吉林大学汉语言文学专业学生。

李子锐的诗

悬 棺

只有一种石化的谎言翻滚在群山围聚的岁月
摇落巨树的种子　埋伏于阵阵恐慌的命脉搏动中
抽空形式外的一切白骨血肉　别无其他含义
为生出延绵无际的晴日　亘古不变
沿被爱的人们升温的夏天　携烟的手足攀爬
生于此，死于此
日子如四面密封的灵柩，你并不在意
可一旦坚硬的日光撬开石壁
时间啊上帝啊命运啊
那些紧紧锁住你心头盆地的根茎与峰峦
在太阳狰狞的面容下随漆黑的夜浪
被你一股脑抛去，而那些命中既定之事
在某个星辰翻腾的街道转角
冷光颤颤　尖锐而不容辩解地朝你刺来

如果扔掉狂热分子的一身好骨头

去学会曾经昂贵致命的无用
若重新拾起生长在阅读之外　毛茸茸的生活
简单的人话，几片透风的碎光
双眼肿胀的睡眠与故土芳菲的十面月季
那时，古井水波下幻象模糊的山村
将会被童年闪烁的灯笼照亮
死者的行进队伍在岩缝中静静滋长
矿层冷漠的双眼映出你体内的万物
半边传说半边生命
徘徊在名为自由的围笼：悬而未决的沉沉棺椁中
分裂并抚摸自身，此即为你
——盲目且银波闪动的宇宙之核

李子锐，男，汉族，2000年6月10日生于山东莱芜，现就读于吉林大学。作品散见于《诗刊》《绿风》《北斗诗刊》等刊物，曾出版个人诗集《青涩的桅杆》《悔意之灯》，曾获首届“零零国际诗歌奖”华语奖、公木诗歌奖。

刘梦洁的诗

80年代文学桌上那滴没喝完的酒

被解构　被遗忘　被过去
它大声叫嚣着：
浮云苍老的残雪是我
一马平川的圈套也是我
格物而非的褐色鸟群是我
身后无余的鲜血梅也是我
我乃大闹江南的苏家顽童
是先锋的最后一滴酒
也是文学荒漠的第一滴甘露

彼时北方一片苍茫

刘梦洁，女，出生于2000年1月6日。现就读于吉林大学文学院。

吕周杭的诗

与友人书

我应该是那只狡黠的兔子
身披月色啮食京城的青草

而你恰在信中描摹细雨
烛影忽颤，笔尖略略一斜——

即使坏掉的字也是美的
偶有的创造，像隐没枝叶的露水
吹给你的风也让我微凉

拜托了。
不要提那么多会让我开心的事
无论多远，我都想拼凑出你狼狈的模样

岁暮时，我们围炉取暖
信被大声地读给流窜的热气
记忆的浮冰澄莹如水晶

"这会是我写的吗？"
你懊恼地深深向后仰去
顽固地，尝试抵赖我们曾共有的一切

吕周杭，男，汉族，2000年12月11日生，现就读于吉林大学。

孙丽萍的诗

信

我在心里思量了百遍
直到一切就绪，才将寒意搁浅
提笔触动花开
想同你一起看北方星陨
汇山水成海

我在他乡放逐
你在故乡流浪
你终究是我隔壁的邻人
跑不了的是庙
小和尚取经成佛
你我各自成人

胡乱的表达错误的语法
我在冬天的夜里写信给你

想象你用浪漫多情的眼睛读我的手书
我就雀跃，我便欢畅

孙丽萍，女，汉族，出生于1999年7月24日。现就读于吉林大学。

烟雨渡鸢的诗

鱼　缸

布满血丝的鳃滤过清水
无力搅动周围将凝固的液体
玻璃壁外
变形的世界
一张一合
你，要出来吗

紧贴玻璃壁的脸
空洞的瞳孔蒸发了同情
一合一张
喉咙挤出言语
唇瓣开合气泡
上浮触摸词句
碎得无声无痕

烟雨渡鸢，本名郭涵，河南南阳人，2000 年 5 月出生，现就读于吉林大学。

林倩倩的诗

游　鱼

我是讷殷江里追逐浪花的游鱼，
从不曾读懂河流两岸的窃窃私语，
苍穹说它想要告诉我海里的秘密，
可天空也因一道波痕，
变得破碎支离。
在星的领地中，
雷雨和风走漏了光的消息，
说明日天边有雨，
云也在遮遮掩掩，
怕黑暗太过于沉迷。
似一颗星，
穿透夜色而来，
用一段牵扯不尽的丝线，
想要缝合，
鱼儿划过的距离。

林倩倩，笔名语诺，1993年2月生于长春。

孙沛的诗

拾荒老人

他乘着目光的船，游走在人世间。

捡起一个空瓶，也就捡起了明天的早饭。

捡起一张废纸，也就捡起了白菜里的盐。

他忘了这样生活多久了，就像忘了儿时的湖畔、母亲的臂弯。

他仿佛生来就是这样，生来就这么老，夜色也染不黑他的白发，狂风也吹不开他的皱纹。

一件褪色的军大衣常年长在身上，变成他的一层皮。

身后那大大的袋子，里面究竟装了些什么？

它那么轻，轻得卖不上几块钱；

又那么重，活活把他的身子压弯！

只有他自己才知道，那里面装着他的泪与汗，装着晨曦与月光，装着柴米油盐、一日三餐，也装满了旁人的白眼和生活的重担。

当满地只剩月光，他背上大大的袋子缓慢地挪着。

沟壑纵横的脸上撕裂了一条口子，多么像一个笑容。
他心想，但愿明天是个晴天。

孙沛，女，汉族，1999年9月1日出生于黑龙江省哈尔滨市，现就读于南开大学法学院法学专业。

荒生的诗

孤独的春天

清明本是踏青的时节，
可在孤独的人眼中，灿烂的春光只是孑然的反衬

——题记

清明的春意含着翠绿
柔软的草叶包裹着脚步
不知名的水鸟划起浪花
我走上洒满阳光的小路

时间是若有若无的风
拂过往事与前程
上一个春天没有鲜花
这个春天依旧荒草丛生

踩着嚓嚓的心跳
春日的枯草一望无边
人影绰绰，带着春日的轻松

我仰望着澄澈的蓝天

我摸索着胸中破碎的过往
面前的烈酒燃起火焰
破碎的火种撒向荒原
空荡荡的我看着空荡荡的天

荒生，本名荀宝熹，男，汉族，1999 年 11 月生，现就读于南开大学周恩来政府管理学院。

都金奕的诗

老　屋

安静的你，会呼吸吗?
是那屋檐上的炊烟细细
恬淡的你，会哭泣吗?
是那瓦片上的泪珠滴滴
宁静的你，会微笑吗?
是那傍晚阳光的涟漪

门口的井
清清的淤泥铺在水底
落着枯叶的叹息;
墙边的篱
参差不齐
只有绿色的蜻蜓会经过那里……

屋内的阳光
映着斑驳的墙体

贴着碎了一角抱鱼娃娃的影迹；
灶王爷落了灰
早别了炊烟的烟囱
轻尘温润

送走了做着女红的姑娘
轻轻荡漾在绣花鞋的梦境里；
离别了那健壮的货郎
汗珠儿洒落在门前的土地；
笑盈盈地，大家走了
你的老主人
爱笑的老婆婆，也化作秋日的泥

送走了你的姐妹
那些和你一样老的房屋
随着一声巨响
来不及告别与哭泣
你想听它们告别
却匆匆来不及
不知多久
最后，你被遗落在尘埃里

天空蓝得像大海的影迹
青草漫上屋檐
井水干了
天上的云，依旧有奔跑的足迹
老屋睡了

睡在暖暖的夕阳里……

都金奕，女，辽宁大连人，2001 年出生，现就读于南开大学哲学院。

乔小六的诗

我不过是一片落叶

我，
是一片叶，
孤独地等晚风吹过，
沉入湿漉漉的黑色泥土。
仰望星空太久，
竟也会惊奇俯瞰的意义。
听见深情的呼唤，
夜色一直静谧，
嗅不出芬芳的生命里，
我孤独地离去。
回首半生的痕迹，
不过是一片落叶而已。
如果这恰巧是秋季，
就当是我最后的赠礼。

乔小六，本名乔晶，90 后，生于东北。现在河北某中学任教。

何妍的诗

做 梦

划一根火柴点燃流星
星宿制作邮票七彩斑斓
天空燃起熊熊巨火
月亮爆炸
只剩下手环一样的光圈

南边的大海被填平
很多人给大海写完情书
背井离乡
我从你身边经过
将一朵蓝樱花
别在你的背包上

何妍，女，1999 年 9 月生于大连。现为沈阳师范大学汉语言文学专业学生。

第八辑

诗歌评论

“历史正在现场”

——2019—2020 年度青年诗歌创作观察

抛开“一代有一代之文学”的宏观看法，不去讨论新诗在当代具有了何种优越的地位，也许是个明智选择。但具有了一百年历史的新诗，多少有了些“优越感”是无可否认的。尤其是在 21 世纪以来的历史境遇中，新诗更是多了一层与“一代文学”之间的对应关系。我们不妨换一个思路，来看所谓的“一代有一代之文学”。出生于 20 世纪八九十年代的一代新诗诗人，21 世纪以来的二十年，正是他们透露出强烈个性精神、展露诗歌生命密码的关键时期。从时间的进程上看，这当然是一种自然而然的结果。然而从历史记录和诠释的角度看，却又具有一种无可回避的选择性。诗人袁翔在诗中说：“历史正在现场”（《在普希金博物馆》），的确如此。但诗歌的历史如何选择现场呢？也许只能以诗人的文本来作出回答。

一、现实者：将现实与文学相联系

诗人、批评家唐晓渡曾指出：对纯诗的追求，“也不应导致与现实（包括政治）无关的现象”。这与当年雅斯贝尔斯强调“哲学思维的最终问题，还是追求现实的问题”（《生存哲学》）有异曲同工之妙。不过，我们暂且搁置对纯诗在美学上的讨论，仅就新诗写作与现实之间的关系进行考量，也能够发现这是一个非常重要的问题。这能够见出一个诗人是否保持着对现实的敏感意识，是否在其作品中真正敞开了走向具有时代感的艺术的大门，是否在保持现场感的前提下有处理经验以传达历史感受的能力。从某种意义上说，介入现实的写作，在可能性上具有较小的发挥余地。它不像处理知识性和私密经验的诗歌那样具有更多的可阐释性，但恰恰是因为这一点，它呈现出来的质地是密实的，它使得诗人将自身投入连续性的体验之中，使得诗人停留在“现实”内部，停留在“现场”的震荡与深刻中，从而建构起自我作为“主体”的概念，也使得诗人有一种相对更加明晰的身份意识。

从青年诗人们的诗歌创作看，追寻个体生命在无边现实中的真实反应是“与现实有关的现象”中最重要的现象之一。比如高野的《祖国》，以宏大意象开局，然而却从小处着笔，从日常朴实、鲜活的场景写起，“我的祖国很大。我爱她/九百六十万平方公里的每一寸。/但我只能先从母亲/幽暗的小屋，被反复搓洗的围裙爱起。然后才是/炊烟之上的天高，云阔。//从挂在墙壁上的镰刀和麻绳爱起。从一顶草帽破损的边缘我看见/时间的利刃划过脸膛。/哦，就从这无声的疼痛和忍受爱起。/从半夜里一声剧烈的咳嗽爱起。然后是/微微颤动的菜叶和麦地。……”从某种程度上说，这种借助日常现实照亮和发现“爱”的过程，有一种根源性的意义，它不追求庞大的“完整”，却有一种自足性充斥其中。诗歌就是这样一种辩证性的文体，通过张力的设置，可以使看似悖谬的逻辑，形成一种更有力量的形式。而诗人也正是采取这样的方式，将带有“终极关怀”的现实意识渗入到诗歌中，使诗歌有了更加高贵的意义。

与宏大和普遍性的现实反馈相映照，着重于思考个人及亲人在当下生存中的境遇也显得充满了必要性，因为它回应了现实书写在文学中的另一层意义。从某种意义上说，这样的议题书写，或许有着更重要的价值，那就是透过对自我状态或亲人处境的审视与安排，将情感与经验妥帖地经由语言合二为一。如熊焱近几年来一直围绕“时间、生命、爱与孤独”几个重要主题来进行诗歌写作，通过书写个体生命中的故乡与亲人，来“表达自己的生活感受、生命体验和情感认知”，将个体生命与亲人之间的那种深沉的关系透过时间、爱和孤独的主题表现得淋漓尽致。正如诗人所体会的那样：“亲人与家乡，是我们生命历程中最深刻的情感与精神体验。”如果一个诗人连这样的现实主题都没有反映，那么这样的诗人在情感上的呈现是值得怀疑的。多数情况下，诗人们通过亲人在面对现实时所采取的“撤退”来表现某种悲情意识。如袁翔的诗《孩子，你的眼中有春与秋》写“活了小半辈子/锈迹斑斑的我从/孩子身上享受这片刻的欢愉”；尹宏灯的诗《与妻书》等通过“不停地向尘世妥协，打磨”，“在昏暗和颠簸的路上”寻找“唯一的出口”，“专注普通的幸福”。从某种意义上说，这些诗歌所负载的现实有其更加沉重的一面，因为透过这些，诗人完成了个人在伦理中的站位，也复活了一个最真实的生存系统。

但是真正的现实，有时候并非我们所想象的那样直观。雅斯贝尔斯说："无论我想整个地把握现实也好，或通过个别的事实来把握它也好，最后现实总是我们的分析研究所达不到的那个边界。"这是一种哲学的认知，它标志着对现实认识在理论上所达到的最高程度。虽然诗歌不同于哲学，但无疑也应了"达不到边界"的这种认知。但不论如何，诗人们并没有放弃，他们依然通过诗的凝练表达，实现了文学与现实的联系。如果从理论上来思考，这本身即构成一种对现实的超越。

二、个体的历史：以碑文的方式记载

与宏大、深刻的现实叙述为邻的经验叙事，是诗人们在诗歌中大量地进行个体历史的经验建构。从某种程度上说，这类写作已经成为当下诗歌创作的主流。它的兴起，大致源于20世纪90年代，彻底改变了人们对80年代及其以前诗歌的认知与理解，还明确提出了"个人化写作"的概念，由此延伸出相应的方法，以及对各种诗歌写作问题的新阐释、新理解。21世纪以来，诗人们对个体历史经验的建构，朝着越来越私密化的方向发展，这既与大的时代境遇有关，也与时代中个体的心理状况和精神状况有关。严格地说，这种作为个体历史的经验建构一定有一个发展的过程。然而，这其间虽只有短暂时间上的演化，但是其异化与新变的细节性展开却很难把握。当然，对于脉络的梳理也并非一种必须。我们透过诗人对世界、社会与万物的认知，以及个体意识、意志的呈现，多少可以谈论一下这其中的“奥秘”。

对于一部分诗人而言，个人历史或者写作史的建构必须通过追忆才能发生。这是对个体经验最有效的探寻方式，因为它建立在一种最真切的认识价值之上，虽然有时候是朦胧的，却可以通过感官感觉得到。尽管周园园在其诗歌《困境》中曾这样叙述：“一个透明的颗粒物自顶楼落下来/一个念头一闪而过，再怎么回忆/都想不起来。有时，困扰就是这样产生的。”但她仍认为这“不足以让人悔恨”，其原因就在于，有些事件本身其实就清清楚楚地刻在了我们的记忆之中。比如她接下来的叙述：“我记得新天鹅堡的冬天，弥漫大雪。/我们气喘吁吁，在覆雪的山巅/惊讶于壮阔的尖顶城堡。/雪花落在成片的松林之中/落进存在的虚无里。”丫丫的诗歌《秋刀鱼》《星期天》等也是如此，诗人经由秋刀鱼、螃蟹等的“牺牲”，将个体经验嫁接于对物的追忆之上，透过对物的体悟来唤醒或者反观自身；而《一根还俗的鱼刺》则经由追忆“某次鱼刺鲠喉”来营造氛围，构筑诗意。不可否认，这种个人历史经验的建构，带有一定的目的性，但并非为了某个目的而去回忆，更多的情况下，是诗意促成了这样经验观念的生成。这种对个体经验史的建构，体现了主体在人生成长中比较神圣性的一面，它透过生活中某个本真的事件让人获得了别样的认知。此外，谭畅的《这片海》、雪马的《路过》等也都具有这样的呈现。他们大多透过思想性的一面来回望经验的事实，诗歌也因此带上了一种具有理性之思的深刻。

穿越本能的预感或预见，以及在理想化的审美中进行推理性的生成，从而促成一种看似偏颇的意见，也是个体经验历史生成的一种方式。在这一穿越或者生成中，我们可以清晰地看到，诗人们常常把某些非合理性的感性经验通过诗性的处理让人感觉到其合理性。比如庞洁的诗《痛苦，多么纯粹》写“那莫名的痛苦”“像童年走失的明亮的孩子”；刘旭锋的诗《言之成雪》写“那些口若悬河的人”“游走在人群之中/又被人群束缚着”；王彦明的《锤子美学》写“火星都是自己的光/如果可以燃烧一片荒原/成为一块废铁之前/就尖叫着刺入/或许成功转型：/‘哦，锤子!’”等，都带有这样一种生成的色彩。这种脱离了世俗的、带有一定哲学认知经验的个人史重构，无疑是成功的，因为它很容易让读者在打量文本世界的时候找到诗人作为创作主体的位置。

在很多个人史经验的建构中，诗人常常采集自身的事例，当然也有一部分诗人主要采取倾听或观察的方式，他们喜欢做一个“倾听者”或者“观察者”，喜欢在“倾听”或“观察”中重建对经验的认知。从表面上看，“倾听”和“观察”带来的多是间接性的经验，诗人们通过这种方式所建立的个人经验史，往往会带上创造的性质。所谓创造，指的是一种深加工，它使人与人（物）之间再次发生经验上的传递关系，使单独的经验构成经验的连续体。而且，需要郑重指出的是，诗人们的“倾听”或“观察”有时候常常是对自我化身的一种反省，因此从这样的角度来剖析问题，不仅看不到“分裂的世界”，相反，它使我们看到了另一种统一。如米心的《最佳》，诗人在其中尽情地想象：“在午夜的时候//他孤寂地抽烟，在午夜的时候/一头沉默的老虎爬上他的船//现在它不用牙齿，也不用利爪/没有女郎在跳舞，椰子树令人悲伤//风暴只留给他几颗残破的星星/星星底下，撑大的孤独又瘦了些。”从文本看，诗人的这种经验描述无疑有一种救赎的意义。从本质上讲，这是一种观察也是一种倾听，而且是透过想象对自我的倾听，这就非常难能可贵了。董喜阳的《倾听者》则直接进行主体性的介入，“我在水边，你在对岸/我终将做一条过江之鲫。温吞/抑或慢热，游向你/尽管在谈情说爱方面/毫无才华，我愿成为倾听者/额头冒出的细腻的汗珠”。李东的《洱海之夜》将自己想象成一个“陌生人以陌生的方式闯入/把一段孤独的海岸线据为己有”，其实其主要目的是要展现自己“拥有漆黑的辽阔/和潮湿的孤独”。张元的诗有意识地借助地理来表达情志，疏散哀愁，当然他更希望在“一个人的史诗”中，安置好属于自己的一生。周香均的诗《时间装着一个奔走的人》，则试图透过时间“在夜里看清自己”，然而终因“陷入时间的迷茫之中太久/一生都无法选择离开/只能在夜里遮去悲欢和离合”。

超侠的诗中说：“结构已成定局/记忆是固定的遵守”（《天龙之约》）。李慧文在其诗歌中描述某个童年的故事时也曾表达：“个体的历史以碑文的方式记载”。从某种意义上看，诗人们的这些诗歌，这些对于个体经验历史的建构，何尝不是一种对记忆的固定遵守呢？何尝不是一种带有神圣、庄严、肃穆特征的“碑文”呢？尤其是对那些或有意或无意试图通过诗歌写作来建构个人历史或者写作史的诗人们而言，他们的语言就是对自身、世界和万物的一种雕刻，其间所渗透的力量没有一丝隔绝感，因为它把诗人们重新带回到经验的“伊甸园”中去了。

三、狂想曲：在梦里完成更圆满的事

不得不说，与现实经验相对照，想象的经验或许有更大的救赎意义。其原因就在于，想象的经验通过剥除残酷、悲伤的“实在内容”，让我们看到了更加圆满的一面，看到了更加美好的一面。尽管对于某些诗人或哲学家而言，“美包含在假象之中”是一个真实的美学命题。然而他们并不去追问“假象”的含义。他们常常透过生动的“狂想”，使生存蒙上一副古典主义的面孔。或许从某些角度看，这些“狂想”充满了不可言说性，充满了对美或哲学的亲昵，充满了脱离现实的虚幻感，然而无论如何，你都很难从中发现审美上的敌意。在我们当下这个时代里，人们更加向往所谓的“内部生活”了，尤其是对于诗人而言，这种“内部”的含义，除了经验的私密化之外，也有向“外”拓展的意图。所谓“狂想”，所谓“天马行空”的思想上的跌宕，正是因为不过多地牵涉人际意识，所以才有了更多更丰富的“内

部”性和圆满性。

从表现上看，“狂想”的一个重要特征是，诗人们普遍带有“理想主义”的影子。即使是现实主义的主题，诗人也透过经验的美化，将其升华，如孔令剑的《铁管上的鸟》：“而它的欢快蕴藏体内，像/童年的灵魂，一声声鸣叫/把一个个音符丢向空气/在太阳的舞台，它蹦跳着/来到铁管的断口，低头，啄水/一滴一滴，像捡拾，又像丢弃/水的礼物，光的记忆”，这只鸟在诗人笔下简直成了一种“灵魂”之鸟，不能说没有理想主义的色彩。不过，像孔令剑这样的“狂想”毕竟属于少数。诗人们对“理想主义”蜃楼的更多想象，是追求一种“雪夜访戴”式宏大背景的建构，和对象征内涵的处理。他们更期待以“寓言”来消解尘世的不堪。如阿斐的诗《月明大寒》：“打开窗户往外看/深夜小园一片清亮/大寒已至/春天不远/再多的忧惧也有停歇的时候/我长舒一口气/千万只白鸽振翅而飞/心里没有挂碍/明月高悬中天”。很显然，诗人在诗中为自己玄想了一片十分美好的天地。他所谓心无挂碍、月悬中天，既是对外在宏大的一种诠释，也是对内在宏大的一种诠释，诗人追求的是一种禅性境界和超然意识。也许这是每一个诗人的理想，但不得不说它与现实确实有着截然相反的特质。其《病中观雨》也是在寻求一种理想的意志，所谓“万物我都好奇，都关心/万物都是我胸中美人，而非块垒”，所思所想也与时代的气息相反，然而亦不得不说，这是所有人都沉浸和陶醉的一种品质。曹谁的诗《帕米尔堡的雪国》借“雪国”渲染爱情之悲，《桃花如火，照亮黑夜》和《泪痕姑娘》借桃花和“勒痕如泪痕”谱写幽暗中的伤痛与疼痛，尽管都没有超越出现实中类似的“悲苦”局面，然而其镜像却是寓言式或者象征性的，前者渗透进了强烈的童话之思，后二者带有浓郁的暗示功能。冯果果的诗《荒诞》明写各种不同的“荒诞”，实际上是在为我们被颠倒的世界进行招魂。超侠的诗《天龙之约》，幻想着有朝一日，“龙鳞漫天，金光闪闪的辉煌/把宇宙，瞬间点亮”。高权的诗也带有古典唯美主义式的玄想，如其《若鱼隐于山林》：“让一封信流落民间，查无此址/让漂瓶空空，拾获之人/无可怀想之事/让细水长流，流回山涧/让山中千树，不散烟云/让云与云的相遇，不只为雨雪/让树与树的交谈，不走漏风声/让古老的石头，不着一字/让初开的花朵，无关乎爱情/让花开着开着，种花人已老去/让蝴蝶，无可造访之梦境”，空灵而有韵味，不着一俗字，尽得风流。谷语的《水田星辉》写“灿烂的星空倒扣在平镜似的水田里/……/连通了现世的苦难和天堂的幸福”，多少也有些乌托邦的气息。理查德·沃林在谈本雅明的救赎美学时曾强调：“寓言贬低一切被尘世玷污了的东西——即它的人形，寓意和境域的实在内容——的价值，把它们变成了通往绝对的谜一般的道路的无生命的路标。”诗人们在“狂想曲”中所完成的事情，其实也正是“寓言”里的事情。寓言所贬低的东西，也正是“狂想”所应贬低的东西。在某种意义上，“狂想”与“寓言”就像是一对孪生兄弟。诗人们在诗歌中对于它们的建构是乐此不疲的。不过也应当指出，相对于寓言，象征无疑是一种更加内敛的修辞形式，从王文雪等人的诗歌中，我们可以很好地窥见这一点。

“狂想”的另一个重要特征是，诗人们喜欢深入历史或者久远的事物之中。从一定数量的观察看，这似乎也构成了诗人们建立诗歌王国的一个“模式”。如张妮的诗《昭君出塞》借历史上昭君的故事来谈绵缈无边的“离愁”；王伟的诗《丝绸之路青海道（组诗节选）》将思想放飞于于阗、格尔木、青海湖之间，重新追寻一段苍茫之路的历史，并试图发掘出它更多的文化意义；陈琼的诗《成都》，也以历史的眼光来审视城市，但诗人却不迷信历史，在诗的结尾，诗人说“历史或者现实/所有的一切/无非是保持偏执的形式”为我们证明了这一点；潘宏义的诗《玛尼堆》，写异域中的风情，同时意欲实现一种文化上的彰显；左清的诗，以“仿古代唐诗七绝”为标识来作现代诗，有一种清新明丽的气息；何白水的诗致力于对古城进行雕刻，但最后昭示出一种生存的意义：“人活一世。守一颗心/雕一座城，关一扇门/她说——这就够了！”（《古城雕刻》）从一定程度上来说，借助历史和古老事物来进行狂想的诗人大多都有一点历史主义的观念。不过每位诗人对这种观念的实践却又有一定的差异。差异性这一点，其实还并不是太重要。重要的是，诗人们不容易实现对历史主义的全新表述。那种既鲜活又注重思辨的作品，很难通过一般形式的写作被盘活。然而这样的写作又无法完全摒弃。既然不能从反复无常的写作中将其排除出来，那么这样的写作似乎仍有必要。不过，相对于“狂想”所追求的“圆满”，这样的写作可能要略逊一筹了。

鉴于对诗歌历史与现场之间的微妙关系的关切，我们选择了三个视角来对青年诗歌的范本进行分析。这其中当然存在诸多遗憾，比如无法真正深入现场中的个案来审视他们的独立意志在写作中的重要意义，尽管这对“历史正在现场”的复述有着关键性的作用。不过细细想来，再精深再完美的个案研究也无法替代全部历史。历史与个案、历史与现场本身就存在一种辩证关系。表面上看，历史是对过去事件的反映，排斥个人化的“现场”，而实际上，历史恰恰是对“现场”中人与事的精心挑选，具有一种特殊的“现场效应”。如果从某一时间段，尤其是最近的时间现场来观察，这种“效应”会更明显。比如，从刚刚过去的两个年度来审视青年诗人的诗歌创作。他们如何在现场中写作？他们在写作中如何呈现自己？他们如何被带到历史的语境中？他们的写作如何面对历史？对于写作者而言，这其中有一个身份认知的问题。对于意欲建立诗歌历史的人而言，这其中有一个价值认知的问题。而这两者合起来，则正好是对当下诗歌处境的一个绝妙诠释。“历史正在现场”，所以现场值得去细致剖析。况且，“历史正在现场”这话语本身不就像现场的诗意一样，也是一个极富意味的表达么？

赵目珍

2020 年 7 月 5 日—8 日初稿

2021 年 7 月 31 日修订于深圳

编后记

众所周知，20 世纪 80 年代与 90 年代出生的青年诗人（即人们通常所谓的“80 后”诗人与“90 后”诗人）是 21 世纪以来中国新诗创作的新锐力量，他们整体上以开放的姿态、敏锐的思维、活跃的态势、巨大的潜能，为 21 世纪的现代汉语诗歌注入了崭新的活力，构成了当下汉语新诗的希望之光。正是基于对青年诗人诗歌创作的十分关注与高度重视，我本人连续四年主编了《青年诗歌年鉴》（2015 年至 2018 年卷），以年度选本的形式展示出广大青年诗人的创作实绩与艺术风貌，获得了海内外青年诗人的一致认可与广泛好评，尤其是一批诗坛知名诗人与批评家朋友对《青年诗歌年鉴》的出版价值与审美价值的充分肯定，更是令我备受鼓舞，越发感受到自己主编的这个年度性青年诗歌选本的独特价值与重要意义。

2020 年春天以来，由于疫情的影响，终日忙碌且静不下心来的我未能及时编辑出版《青年诗歌年鉴》。时间来到了 2021 年上半年，有许多青年诗人朋友不时向我打听，问我主编的年度性的《青年诗歌年鉴》何时能够出版，殷切期盼之情溢于言表。于是，我日渐感到一种无形而巨大的压力，同时这压力最后也变成了一种动力，我决定把 2019 年与 2020 年两个年度的优秀青年诗人与潜力诗人的诗歌作品合为一本书出版。我的这个想法得到了国内不少知名诗评家与实力派诗人的大力支持。根据我近几年的阅读经验，这批数量众多的“80后”与“90后”青年诗人，包括一批“00后”少年诗人，他们的创作整体上展示出来的蓬勃活力与巨大艺术潜力令人不可小觑，值得高度重视。因而，我个人越来越持有这样的坚定信念：《青年诗歌年鉴》一书应当连续性地编选与出版下去，它是当下极具特色与亮点的诗歌选本之一，并将在时间的向度上日益彰显其独特的审美价值与文学史价值。根据我个人的观察与阅读印象，在2019与2020年度，阿斐、曹谁、熊焱、陈巨飞、董喜阳、丫丫、林萧、雪马、超侠、孔令剑、谷语、王伟、曹波、高野、潘宏义、安然、袁翔、周园园、弭节、康雪、王长征、马文秀、张妮、谭畅、冯果果、王忆、尹宏灯、肖扬、张佳羽、王静、刘旭锋、李慧文、汪亚萍、蔡英明、罗紫晨、吴子璇、左清、王文雪、石慧琳等一大批“80后”诗人与“90后”诗人在诗歌创作中有着良好或比较抢眼的表现，他（她）们的诗歌写作在思想艺术层面所展示出来的敏锐、活力、创造力、巨大潜能以及新的可能性，值得我们充分肯定与非常期待。关于这一点，“80后”优秀批评家、诗人赵目珍在其年度诗歌综评性文章《“历史正在现场”——2019—2020年度青年诗歌创作观察》中进行了具体阐述。

《青年诗歌年鉴（2019—2020年卷）》一书的出版得到了江苏凤凰文艺出版社的大力支持。在该诗歌选本的编选过程中，陈琼、孙文敏、刘丽静、唐梅、罗双霞、李诗琴、李金芮、谭如琦、盛奇敢、钟润文、田华昕等博士生、硕士生、本科生同学（其中部分同学系我的弟子）做了诗稿录入与初步编排等具体工作，在此一并表示感谢。

是为后记。

谭五昌

2021 年 7 月 31 日写于北京京师园，8 月 8 日略改